JR上野站公園口

柳美里 著
章蓓蕾 譯

推薦序

深埋於雜沓之下的不幸：讀《JR上野站公園口》

盛浩偉

「幸福的家庭都是相似的，不幸的家庭各有各的不幸。」這句出自托爾斯泰《安娜．卡列妮娜》的名言深具力道，既戳破了幸福的單薄想像，也教人將視線移向那難以面對的現實。不過，這句話也未必是定論，還是可以商榷玩味：不幸與不幸之間，眞的相距那麼遙遠嗎？

我總覺得，一個家庭或一個人會走上怎樣的命運，這個過程很像是被推入彈珠檯裡的玻璃珠。在落下時遇上一根又一根阻擋於前的釘柱，並在難以計量的碰撞以及數度不預期的彈跳之後，一步步地抵達那個屬於自己結局的格子。這是個逐步累積的過程，每條路徑可能不盡相同，會遇上的釘柱也並非都一樣，然而，大致上，會落入「不幸」這個格子裡的玻璃珠，總還是有些很相近的條件，比如初始的角度偏向，比如總會撞上哪幾根釘柱、總會在哪些關鍵節點上被彈到這端或那端。

托爾斯泰的那句話，提醒了彈珠檯的底端不會只有一個格子代表不幸，或許會有這一種不幸、有那一種不幸，還有其他幾個格子代表著好幾種不幸的樣貌；但是，只要是落入同一格「不幸」裡的玻璃珠，卻又還是彼此相似的。就好比是，會成為流浪漢、露宿街頭，每個人都有各自的故事與經歷，可是如果整體來看，卻又不外乎是出於那幾個原因，都有類似或共同之處。

透過描繪單一個人的故事，去呈現出一整批類似處境人如何同樣地落入不幸，我想這是柳美里在《JR上野站公園口》裡非常有意識想要處理的核心主題了。

《JR上野站公園口》的主角，便是一位露宿於上野公園的流浪漢。在一九九〇年代、日本泡沫經濟破裂以後，城市裡無家可歸的流浪漢日益增加，在東京都內，他們原先大多泊於大型車站的出口與地下道，但隨著車站逐漸祭出驅離手段或管制，流浪漢們被迫轉移陣地，開始漸漸聚集、生活在大型公園裡，如代代木公園、新宿中央公園等，其中尤以上野公園為甚。約莫一九九六年至二〇〇四年間左右，在上野公園裡的東京國立博物館西南側及大噴水池一帶，也就大概是從

ＪＲ上野站公園口出來後的廣場附近，該處帳棚、紙箱與防水帆布擁擠林立，數量曾經達到高峰，幾乎成爲了流浪漢的大型村落。直到那之後，東京都政府與非營利組織開始執行種種措施，協助他們找到住所、輔導就業，才讓公園裡數量龐大的定居流浪漢聚落消失。但是，這並不代表流浪漢就此消失得毫無蹤影，也不代表造成流浪漢的原因從此解決。

會落入「上野公園流浪漢」這個不幸格子裡的玻璃珠，都有著類似的經歷；這份經歷，則又與日本社會及歷史息息相關。小說在開頭就寫道：「上野恩賜公園裡的流浪漢大多來自東北地方。」接著之後又寫道：「這裡是北國的玄關——，從前高度經濟成長期的時候，東北地方的年輕人出來打工或集體就職，都是搭乘常磐縣或東北本線的夜車。上野車站是他們到達東京後的第一個車站。」在這短短幾句話的背後，有著更巨大的時代背景與脈絡。

一九四五年，二戰結束，日本戰敗，舉國上下處於蕭條之中，人民努力重建著破敗的社會秩序。直到大約十年之後，才陸續有「神武景氣」（一九五四—

五七）、「岩戶景氣」（一九五八—六一）等經濟蓬勃發展的時期。進入六〇年代，池田勇人就任首相後打出「國民所得倍增計畫」政策，欲使經濟成長的體制更加完備，再加上一九六四年的奧林匹克運動會在東京舉行，更帶動了交通網絡、體育設施、基礎建設與房地產的投資，掀起又一波的「奧林匹克景氣」（一九六二—六四）。在這經濟高速發展的階段，日本社會也逐漸產生出一種集體意識，名爲「一億總中流」，意思是：全國上下約一億的人口，幾乎全都認爲自己是中產階級，擁有穩定的工作與收入，以及幸福平穩的家庭生活——可是，這種「集體意識」的圖像終究是幻想，畢竟如果全體國民都是中產階級，那麼最底層的工作、那些藍領階級的辛苦肉體勞動，又要由誰來進行呢？一部分，便是那些來自東北地方的人們。

東北地方，即福島、宮城、山形、岩手、秋田、青森等六個縣，自古以來就不富庶，且持續有著人口外移、地方財政貧困等問題。當地的就業機會少，不少年輕人只能離鄉尋找工作，其中，就曾有一大批人是因爲一九六四年東京奧運的建設而來到東京。不妨設想一下，這些人來到東京以後，在奧運結束、但經濟仍維持高速成長的六、七〇年代，後續還容易找到工作機會；在經濟成長放緩、但平穩安定的八〇年代，也勉強撐得過去。然而，到了九〇年代，經濟泡沫破裂，財富縮水，卻也大約正值這些人步入中老年，甚或接近退休了。都市的美夢幻滅，在故鄉更不會好過，且長期離鄉背井造成的疏離陌生，也讓他們更難以歸返，不少人只能繼續在都市之中茫然徘徊。雪上加霜的是，再過約二十年後，二〇一一年三月十一日的東日本大震災，造成海嘯與核能外洩，更是直接消滅了許多人的故鄉，讓他們只能留在都市裡，再也無處可歸。

有一種既得利益的世故思維，能輕易說出：「發展過程中，免不了犧牲」、「總是會有意外」之類的話。可是若用更長遠的眼光來看，總是同樣的一群人屢屢被犧牲，也較容易遭逢意外。在他們身側，命運的深淵虎視眈眈，彷彿直到他們掉進那個「不幸」的格子裡才罷休。

若是能稍微理解這樣的背景，也就更能融入《JR上野站公園口》的故事裡了。敘事者「我」的人生，既走在上述那般某群體的集體命運道路上，也有著獨自的悲苦曲折。

整篇小說採取第一人稱視角，敘事者雙眼則如同攝影機一般，如實地記述眼前的所見，人物，事件，但卻又始終帶著一種距離，並隨著眼前的光景勾引起許多往事回憶。書裡有許多對話，大多數都是上野公園裡形形色色的人們彼此之間日常的交談，話語裡時而會有敘事者熟悉的東北鄉音，但我們讀者只是透過敘事者的耳朵傾聽，嘴上卻保持沉默，既不參與其中，也沒有批判或哀怨，只是靜靜地、不帶任何想法地聽著，宛若幽魂。

我想，這其實就是現實中，生活在開放公共場所的流浪漢及遊民的日常吧。自身的生命沒有目標，他人也視若無睹，久而久之，不禁對自己的存在感到飄渺恍惚，像一株吸取不到水分的植物，逐漸凋零，最終湮沒在都市機械式的運轉之中，而後再也沒人記得。小說中敘事者——以及與他有相似處境的人們——的無力感，來自於這種日日浸淫的孤獨，也來自相信之物的背叛。他們相信過在位者與領導者，相信過天皇制度，相信過景氣以及經濟將會持續發展、只要努力終有一天能得到幸福，但等到醒悟時，早已爲時甚晚。

凝視不幸，既讓人痛苦，也總是爲時已晚。也因而不幸的樣貌總是深埋於雜沓之下，我們無力辨識出來，即使近在身側，卻陌生而遙遠。唯有透過文學的想像，勾起我們的同情心與實感，或許才能夠對這樣的生命歷程有些許認識吧。

目次

Part 1

我又聽到那個聲音。

那聲音——。

我側耳傾聽。

但我不知，究竟是聽到了，還是我以爲自己聽到了。

我也不知，那聲音是在體內，還是體外。

什麼時候？何時會聽到？是誰？誰曾經聽過？我都不知道。

那很重要嗎？

曾經很重要？

究竟是誰……？

我一直以爲，人生就像一本書，翻開第一頁，下面還有一頁，一頁一頁翻下去，最後終於翻到最後一頁，但人生卻跟書中描繪的故事完全不同。書頁裡排滿文字，每一頁都有編號，但故事卻前言不對後語，最後書頁翻完了，故事卻沒結束。

殘留——。

就像拆掉廢屋後留在空地的院樹……

就像拋棄枯花後留在瓶裡的剩水……

都被留下了。

我留在這裡的，是什麼？

是疲累的感覺。

總是覺得疲累。

從來沒有不累的時候。

不論是被人生追著度日，或是逃離人生苟活——。

我好像從沒眞實地活過，只有一口氣而已。

然而，一切都結束了。

我像往常一樣，緩緩抬眼環顧。

景色雖然不同，卻又十分相似——。

這幅單調的景色裡，某處隱藏著痛楚。

這種相似的時間裡，包含著心痛的瞬間。

我仔細打量。

那裡有好多人。

所有的人，每一個人，都不一樣。

每個人都擁有不同的頭腦、不同的臉孔、不同的肉體和心。

我當然是知道的。

但是從遠處望去，每個人又像是完全一樣或極爲相似。

每個人的臉孔，看起來都像個小水窪。

我試圖從月台上的人群中，尋找自己第一次在這裡下車時的身影。乘客正在這個月台等待山手線內環列車進站，不論在鏡中、玻璃窗上或照片裡看到自己時，我心底完全沒有自信。雖然知道自己長得不是特別難看，但我從來不覺得自己的容貌具有吸引力。

而比容貌更讓我難堪的，是我既不善言詞又毫無才能，更令我難過痛苦的是，厄運總是跟著我。

一直那麼倒楣。

我又聽到那個聲音。好像只有那聲音裡才有血流——，色彩鮮豔的洪流似的聲音——。那一瞬，除了那聲音以外，什麼都聽不到，整個腦殼裡都是那聲音，在迴盪，腦袋又熱又痛，就像裡面有個蜂巢，幾百隻蜜蜂正要傾巢而出，腦袋完全無法思考，眼皮不斷微微震顫，像被雨點打中似的，雙手握緊拳頭，全身肌肉繃得緊緊的——。

那聲音已被撕扯成無數碎片，但那聲音依然不死。

那聲音，既不能抓住關起來，也不能把它帶向遠方——。

我無法摀住雙耳，也不能逃離現場。

在一起——？

「前往池袋、新宿的電車馬上就要抵達二號月台。爲避免危險，請站在黃線後面等候。」

噗嗡、嘓喔，咕嘟咕嘟、咕嘟咕嘟咕嘟、咕嘟、咕嘟、咕咚、咕咚、咕咚、咕、咚、咕……咚、噗嗡、嚕嗚、哺咻嘁嘁、嘁嘁、嘁、嘁……嘁……嘁……咕嘟……咻……、嚕嚕嚕、咕嘟……。

§

走出ＪＲ上野站公園口的驗票口，順著人行道走向道路對面，路邊有個銀杏樹壇，每天從早到晚都有許多流浪漢盤踞在那兒。

坐在那個位置上，我總覺得自己像個父母早逝的孤兒。但事實上，我的父母都活到九十多歲才去世，他們一輩子都沒離開過福島縣相馬郡八澤村，而且幾乎每隔兩年就生一個小孩，總共生了七個孩子。昭和八年生了我之後，又連續生下長女春子、次女富貴子、次子英男、三女直子、四女美智子、三子勝男、四子正男。排行最後的正男跟我相差十四歲，雖說是我弟弟，感覺就像自己的兒子。

然而，歲月流逝。

我獨自坐在這兒，逐漸老去——。

在這兒打個盹兒，我並沒睡熟，嘴裡卻發出疲憊的鼾聲，偶爾睜開眼，看到縱橫交錯的銀杏樹葉來回搖曳，映在地面的樹影像一張大網，心底不禁升起一種前途渺茫的徬徨。我在這裡，在這個公園裡，已經滯留很久了——。

「哎，算了。」

貌似正在睡覺的男人突然口齒清晰地說出這句話，一縷白煙從他的嘴巴和鼻孔裡升起，夾在右手中指和食指之間的菸蒂已經快要燒到皮膚。男人頭上戴一頂粗呢鴨舌帽，多年的汗漬和汙垢已把帽子弄得很髒，幾乎看不出原來的顏色。他身上穿一件格子條紋外套，腳上套著褐色皮靴，看起來頗像外國獵人的裝扮。

路上車輛沿著山下通的坡道朝著鶯谷方向駛去——，交通號誌的綠燈亮了，視障者的有聲號誌不斷發出嗶嗶嗶的指示音，人群從上野站公園口出來後，繼續越過人行道走向道路對面。

男人把上身傾向前方，專注地盯著那些穿過人行道之後經過自己面前的行人。他們都是有家可歸的人，服裝整潔，打扮得體。他瞪著那些人，像要給自己的視線找到歸宿似的——，半晌，他把一支菸塞進嘴裡，那隻手彷彿筋疲力竭似地顫抖著。他嘴邊長滿鬍渣，大部分都已變白。吸了一口菸，男人用力嘆口氣，決定不再胡思亂想，舉起蒼老的手掌把菸蒂扔向地面，然後用褪色的皮靴腳尖踩熄了菸蒂的火苗。

旁邊有個男人也在睡覺，那人的兩腿之間夾著一個容量九十公升的半透明垃圾袋，裡面塞滿撿來的鋁罐……。

除了他們之外，還有個女人也趴在自己身邊的深紅背包上，她把白髮用橡皮圈束成髮髻，兩隻手臂交疊著枕在腦袋下面。

這些流浪漢都是陌生面孔，人數也比從前變少了。

泡沫經濟破滅之後，公園裡曾經到處都是防水布搭建的「小屋」，除了遊步道和設施之外，整個公園幾乎看不到空地或草地——。

不過，每次有皇室成員來參觀博物館或美術館的時候，公園管理處都會事先進行特別掃除行動，叫做「上山打獵」，不但規定流浪漢拆除帳篷，還把大家趕出公園。等到天黑之後，我們回到自己原先的地盤，卻看到地上豎起看板，上面寫著：「草地正在進行保養，請勿踏入」。所以現在公園裡能讓流浪漢搭建小屋的地方越來越少了。

上野恩賜公園裡的流浪漢大多來自東北地方。

這裡是北國的玄關——，從前高度經濟成長期的時候，東北地方的年輕人出來打工或集體就職，都是搭乘常磐線或東北本線的夜車。上野車站是他們到達東京後的第一個車站。到了中元節或年底回家探親時，我們又背著大到不能再大的行李爬上火車，上車的地點也是上野車站。

歲月流逝，五十年過去了，流浪漢的父母兄弟早已亡故，老家也回不去了，我們只能在這個公園裡過一天算一天……。

銀杏樹壇的周圍有一圈水泥矮牆，坐在這道矮牆上的流浪漢，通常都在打瞌睡，要不然就是在吃東西。

一個頭戴深藍色棒球帽的男人正在吃便當，他把帽緣壓得很低，上身穿一件土黃色襯衣，下面配一條黑長褲，膝上擺著一個便利商店的便當……。

我們倒是從來都不用擔心食物。

上野有很多歷史悠久的餐廳，店家之間早有默契，大多數店家每天打烊後都不鎖後門，還把賣剩的熟菜分成小包，裝在乾淨的塑膠袋裡，跟廚餘垃圾分開放置在不同的架子上。便利商店也會把過了賞味期的便當、三明治、點心等集中放在垃圾場。流浪漢只要趕在回收車到達之前去拿，想拿多少就拿多少，完全沒問題。天氣較暖的時候，這些剩餘食品必須當天吃完，若是剛好天氣寒冷的話，就可以存放幾天，想吃的時候用小瓦斯爐熱一下就行了。

每星期三和星期天的晚上，東京文化會館會送咖哩飯給我們吃，星期五和星期六則分別有「地球末日耶路撒冷教會」和「仁愛傳教修女會」提供的免費餐點。「仁愛傳教會」是德蕾沙修女的相關組織，「耶路撒冷教會」則是韓國人組成的團體。會場四周總是插滿旗幟，上面寫著：「懺悔吧，天國已近」。會場裡有個長髮女孩一面彈吉他一面頌唱聖歌，燙著小捲短髮的歐巴桑手拿湯勺，不斷攪動大鍋裡的菜餚——。人多的時候還會出現超長的隊伍，等候發放餐點的流浪漢甚至多達五百人，因爲有很多人特地從新宿、池袋、淺草等地趕來湊熱鬧。等到頌唱聖歌、講道等活動結束後，主辦單位便開始發放食物，餐點內容包括碗裡裝著熱炒辣白菜、火腿、乳酪、香腸的蓋飯，或是納豆拌飯配炒麵、土司麵包配咖啡……讚美主！讚美主！讚美我主聖名！哈利路亞哈利路亞……。

「肚子好餓。」

「喔？妳要去吃嗎？」

「不要。」

「那媽媽去吃囉。」

「喔，呵呵。」

一個五歲左右的女孩一邊走一邊歪著腦袋抬眼看著母親說。她身上穿一件粉色短袖洋裝，顏色很像櫻花的花瓣；母親看起來像是從事特種行業的女人，身上穿著豹皮花紋的洋裝，襯著她凹凸有致的身材。

咯咯咯……，耳邊傳來一陣鞋跟敲擊地面的聲響，一個穿著深藍套裝的年輕女子越過這對母女往前走去。

突然，巨大的雨滴從天而降，猛烈敲打著茂密的櫻樹葉片。鋪著仿製白瓷磚的路面立卽留下一粒一粒的黑點。路上行人紛紛忙著從皮包裡拿出折疊傘撐起來，傘面上印著各色的圓點，紅色、黑色、粉色，還有印著白邊的深藍色雨傘——。

雨點不斷滴落，人潮卻未中斷。

兩把並排前進的雨傘下面，兩名老婦正在聊天，兩人都穿著黑長褲，上面是一件鬆垮垮的襯衣。

「今天早上只有二十二度左右吧？」

「對呀。」

「也不知這樣算冷還是涼，我反正快要凍死了。」

「哎唷，很涼快呀。」

「隆二一直讚美他丈母娘做的飯菜。」

「啊，幹嘛。」

「還叫我去向他丈母娘學一學。」

「眞受不了，這個雨。」

「梅雨季節嘛。還有一個月左右，沒辦法啦。」

「現在繡球花開了嗎？」

「沒有喔。」

「枹櫟呢？」

「現在又不是枹櫟開花的季節。」

「這附近的建築物，有點改變吧？以前可沒有星巴克，對吧？」

「變得比較時髦了。」

這條路的兩邊種滿了櫻花路樹——。

每年四月十日前後，無數的賞櫻客都在這裡流連忘返。

櫻花盛開的時期，流浪漢就不必出門覓食。

我們只要把賞櫻客拋棄的食物、喝剩的飲料撿回來就能塡飽肚子。賞櫻時鋪在地上的塑膠布，也能用來修補小屋，因爲小屋的屋頂和牆壁經過一年的風吹雨林，早已起皺或漏雨。

今天是星期一，動物園不對外開放——。

我從來沒帶自己的兒女到上野動物園來玩過。

我到東京來打工，是在昭和三十八年的年底，那時洋子五歲，浩一三歲。九年之後，熊貓被送到上野動物園，那時兒女已經上中學，早就過了喜歡逛動物園的年紀。

也不只是動物園，我也沒帶孩子去過遊樂園、海水浴場或是爬山，就連孩子的入學典禮、畢業典禮，或是教學參觀、運動會，我也沒去過，一次都沒去過——。

每年只能返鄉兩次。只有中元節和年底才能回到父母、弟妹和妻兒都在翹首以盼的福島八澤村。

只有一次，那年的中元節，我提前幾天回到家鄉，那時老家附近正在舉行什麼祭典，我便帶著孩子一起到原町市去看熱鬧。

從鹿島站搭乘常磐線只有一站——，盛夏的天氣十分炎熱，我只想睡覺，不論肉體或心靈，都被濃濃的睡意掌控，孩子的歡笑聲，自己的含糊應和，都像霧靄般模糊不清。窗外是天空、山巒與稻田組成的田園景色。列車從這片風景中貫穿而過，越過隧道後加速前進，車窗上映出藍綠兩色構成的景象，兩個孩子把四隻小手撐在窗上，額頭和嘴唇也緊貼著玻璃，就像兩隻壁虎似的。鼻腔裡充滿孩子身上的汗臭味，既酸又甜，我不由自主地打了幾分鐘的瞌睡，腦袋也隨著身體搖來晃去。

到了原町站下車後，驗票口的站員告訴我，你們可以到雲雀之原花點錢，搭直升機去觀光唷。聽了這話，我右手牽著洋子，左手牽著浩一——，父子三人手牽手，沿著海濱公路向前走去。

浩一跟難得回家的爸爸並不親，他從來不跟爸爸撒嬌或耍賴，但這時他卻握緊我的手說：「爸，我想去坐。」浩一臉上露出明顯的期待。這句難以啟齒的話從他嘴裡說出之後，浩一又數次張嘴想說什麼，最後卻羞怯地閉上了嘴，整張臉都像在生氣似的漲得通紅……。可是我沒那麼多錢。當時坐一趟直升機大約需要花費三千元，換算成現在的幣值，價值在三萬元以上……，這可是一筆大數目……。

爲了安撫孩子，我花了十五元給他們買了「松永牛乳」的饅頭冰棒，洋子立刻轉悲爲喜，浩一卻把臉背過去哭了起來，肩膀因爲抽泣而不斷起伏。不一會兒，他抬起頭，望著一架直升機載著有錢人家的男孩騰空而去，浩一舉起拳頭拭去了眼淚。

那天是個大晴天，天空簡直就像一塊藍布。我很想帶孩子去坐直升機，但我沒有那麼多錢，無法滿足孩子的願望——。那份怨悔一直留在心底，十年後的那一天，怨悔變成一枝箭，射穿我的心臟，直到現在，那枝箭仍然插在我的心頭，拔也拔不掉……。

招牌上，「上野動物園ZOO」幾個鮮紅的大字一動也不動，欄杆上那排小人的手指也都保持靜止。大字的顏色就像刀片割破的傷口，小人身上分別穿著紅藍黃各色服裝。

但我的心卻像風中蘆葦似地顫動不已，雖已打算把心中的感覺一吐爲快，卻不知從何說起。我想找個出口，只要能找到一個出口。黑暗尚未籠罩，光明也未降臨……明明已經結束了，卻又無法結束……永不消失的不安……悲哀……孤寂……。

咻地一下，風兒從枝枒間吹過，葉片互相摩擦，發出嘩啦嘩啦的聲響，水滴也隨之掉落地面。雨好像已經停了。

櫻木亭的粉紅簷棚已經有點褪色，簷棚上，反白印染著「熊貓燒」三個大字，掛在簷下的紅白小燈籠隨風搖曳，店門外擺著一張腳凳，一個圍著紅色圍裙的女人正在打掃。

兩名老婦坐在櫻木亭前面的木凳上。「我把照片帶來了，要看嗎？」右邊那個穿白色針織外套的女人說著，從黃色布製手提袋裡拿出一本小型相簿，翻開的那頁裡夾著一張團體照，畫面裡大約有三十多名老年男女，總共排成三排。

左邊的老婦穿著黑色針織外套，腦袋要比白外套的老婦大一些。她聽了同伴的問話，便從肩上的皮包裡拿出老花眼鏡，然後用食指的指尖在照片上畫起螺旋狀曲線。

「啊，這位啊，就是山崎老師的太太，對吧？所以山崎老師也來了吧。」

「那兩位總是一起出席的。他們一向都是夫唱婦隨嘛。」

「這個人，是學生會長，叫……」

「清水先生。」

「這個呢，是阿智。」

「笑容還是跟小時候一樣啊。」

「這個，是妳，眞了不起。妳簡直就像女明星嘛。」

「哎唷，妳說什麼呀。」

兩名老婦彼此依偎，一隻鴿子在她們二合一的影子裡慢吞吞地踱來踱去，像在搜尋什麼似的。

她們的頭頂上，兩隻烏鴉發出陣陣尖叫，彷彿正在互相警告。

「這個竹內的旁邊，是山本，對吧？開古董店的……這位是園田良子……。」

「這個是由美唷。」

「啊，由美。裕子的喪禮前一晚，她來參加守靈式了。」

「大家已經分開了幾十年，還是看一眼就能認出彼此呢。」

「這個人，是管雜務，雜務的……」

「飯山。」

「對，是飯山。」

「他旁邊的……。」

「那個啊，是那個人吧？廣美吧？」

「對對對，廣美。」

「這個是阿睦。」

「阿睦都沒變老唷。」

「這是篠原。」

「她總是穿和服呢。」

「眞漂亮。」

「阿文、阿竹、阿智，還有這一位，是倉田。只有他不是我們班的。」

「哎唷，我倒是沒注意。」

「倉田住在川崎，聽說她家附近有人在外面遊蕩，害她不知怎麼辦。上次在越後湯澤的旅館，晚上大家都要睡覺了，只有她一個人還不睡，一邊喝茶一邊跟大家說話，大家都已經鑽進棉被了，她還說個沒完。」

「啊唷，那眞糟糕。」

「就是啊。倉田說，她家附近有個鄰居的先生到處遊蕩，站在她家院子裡不肯走。」

「那眞叫人爲難。因爲是鄰居，總不能報警啊。」

我從來不把相簿帶在身邊。但是從前遇過的人、去過的地方、度過的時間，總是近在眼前。我一直是倒退著走向未來，眼睛始終只看著過去。

我的過去沒有懷舊或鄉愁之類的甜美成分，我的眼下永遠令人坐立難安，我的未來永遠充滿恐懼，每當我回過神來，總發現自己沉浸在稍縱即逝不知所終的過去當中，然而，過去是否已經結束？或只是暫停？還是將來哪天還會重新開始？或是自己已被過去拋棄？我不知道……不知道……完全搞不清楚……。

跟家人一起生活的那段日子，我從來沒拍過照。

從我有記憶的時候起，戰爭已經開始了，當時因爲缺乏食物，整天都覺得肚子餓得不得了。

所幸的是，我晚生了七、八年，所以不必上戰場。

我們村裡有人十七歲就自願去從軍的，也有人爲了逃過兵役的健康檢查，而故意喝下一公升醬油；還有人爲了不想當兵而假裝看不見或聽不見。

戰爭結束的時候，我十二歲。

那時大家都必須設法塡飽肚子，也要餵飽家人。沒人有那個閒情爲戰敗而自憐自艾。那時就是養活一個孩子都非常艱難，更別說，我下面還有七個弟妹。當時，那條海濱公路上還沒有東京電力的核能發電廠，也沒有東北電力的火力發電廠，日立電子和地捫罐頭也還沒到我家鄉建廠。人口多的農家可以只靠耕作養活全家，但我家的農地小得可憐，所以我從國民學校畢業後，家裡馬上把我送到磐城市的小名濱漁港去打工，吃住都由雇主負責。

當初對方提出的條件是包吃包住，誰知到了那裡之後才發現，雇主沒給我們這些工人準備宿舍，更別夢想什麼公寓了。我們被帶上一艘大型漁船，我就在那艘船上展開了打工生涯。

每年四月到九月是捕鰹魚的季節，九月到十一月可以捕到的魚類包括：秋刀魚、鯖魚、沙丁魚、鮪魚、鮃魚……等。

船上生活最令人煩惱的，是蝨子。每次換衣服的時候，身上都會掉下好多蝨子，衣服的縫線裡面藏著無數的蝨子，只要天氣稍微變暖和一點，我就感到背上有許多蝨子爬來爬去。這些蝨子眞的令我煩惱透了。

我在小名濱打了一年的工，第二年就離職返鄉了。

因爲父親要去北右田海濱抓北極貝，需要我回來幫忙。

出海抓貝殼的時候，我們父子倆划著小木船駛向外海。船上沒有金屬纜繩，我們只能用普通繩索吊一根挖蛤蜊的長柄鐵耙沉入海底。這工具我們稱之爲「馬鍬」。馬鍬從海裡撈起來的時候，我們必須手腳並用，手裡忙著拉繩索，腳下則用力踩住船底避免滑倒。一天又一天，父子倆每天從早到晚都爲了抓北極貝忙得不可開交。

不久，跟我們同村的鄰居和其他村落的居民，也都跑到附近海面來抓北極貝。這種過度密集式的撈捕弄得貝類無法休養生息，也失去繁殖的機會，所以四、五年之後，海裡就完全撈不到北極貝了。

長子浩一出生那年，叔父介紹我到北海道霧多布附近的漁村去打工。那個漁村叫做濱中，工作內容是到海裡撈海帶。叔父自己也是從八澤村到北海道去討生活的打工族。

五月連休的時候，我回到老家播種、施肥、除草，所有田裡的工作都要在「野馬追」之前做完——。相馬的居民不論做任何事，譬如像種田、修屋、還債……等，都習慣約定在「野馬追之前完成」，當地甚至還創造了「野馬追結帳」這個名詞，因爲「野馬追」是相馬地方一年當中最重要的例行活動。

「野馬追」的舉辦時間是在每年七月二十三日至二十五日的三天之間。

第一天舉行「宵祭」。首先是總指揮官從相馬．宇多鄉的中村神社出發。迎接總指揮官的儀式則由鹿島的北鄉大本營負責。宇多鄉和北鄉的騎馬武士會合之後一起出發；原町．中之鄉的騎馬武士從太田神社出發，小高鄉的騎馬武士從小高神社出發，另外還有浪江．雙葉．大熊標葉鄉等地的騎馬武士也各自分別上路。

第二天舉行「本祭」，在號角和戰鼓發出的訊號聲中，五百名騎馬武士一起奔向雲雀之原，然後在目的地參加甲冑賽馬和神旗爭奪賽。

第三天舉行「野馬懸」儀式，也就是把野馬獻給神明的一項神事活動，由身穿白衣，頭包白巾的幕府雜役徒手制服野馬後，把馬匹獻給神明。

據說當地居民爲了參加這項盛典，光是花錢租馬，購買全套盔甲，就需花費幾百萬日幣，窮人根本無緣參與這項祭典。我記得五六歲的時候，父親曾把我放在肩上，背著我到鹿島的副總指揮家去看馬隊出發的盛況。

「出發時間十二點半。」

「十二點半，遵命。傳令兵立卽回營傳達命令。報告完畢。」

「辛苦了。有勞北鄉武士多多關照。」

「謹遵命令。宇多鄉大本營的馬隊若有衝撞，請多擔待。傳令兵現在立卽回營。」

「任務艱辛。一路小心。」

相馬流山哪－嘿哪－嘿撒依

努力練習哪—嘿嘿—撒依
五月申日哪—嘿哪—嘿撒依
去追野馬哪—嘿嘿—撒依

武士們各自跨上馬背，穿過翠綠的田間小路向前奔去——。風兒吹動旗幟，每面旗上都印著不同的徽紋。我覺得有趣極了，忍不住在父親的腦袋上面指著旗子大喊：「哎呀！那面旗子印的是蜈蚣！」「還有兩條蛇纏在一起唷！」「那面旗子畫了一匹屁股翹起來的馬！」

我花了兩天兩夜的時間，搭火車到北海道去打工。先從鹿島站搭乘常磐線到仙台，再從仙台搭乘東北本線前往青森。到了青森以後，還要改搭青函連絡船前往函館，第二天早上才能到達目的地。

接下來，我必須從函館站搭乘函館本線，越過十勝山脈和狩勝峠，這段山路的坡度極爲陡峭，整列車廂必須由兩台蒸汽火車頭拉著前進，即使如此，車速還是非常緩慢，慢到乘客下車小便之後還能追上火車。

那一年，南美的智利發生了震度六級，地震規模高達九點五級的大地震。據說地震引起的海嘯在霧多布也造成損失，死者人數多達十一人。我到了當地看到電線杆頂端纏著像毛毯似的東西，不禁大吃一驚。「海嘯淹到那麼高？眞的嗎？」我向已在當地打工的叔父問道。「眞的啊。聽說巨浪有六公尺高呢。霧多布在昭和二十七年十勝沖地震的時候，也有過大海嘯，還把這裡跟北海道本島沖斷了。所以就變成了離島。這裡從前跟陸地連接的地方，後來造了一座橋，不過那座橋在這次海嘯被沖走了。」叔父說，我跟他都全身僵硬地佇立在大海的前方。

眼前的海面布滿了海帶。每次下海作業時，因爲海帶很長，有時甚至長達十五公尺，所以我們要先用尖端綁著雜草的竹竿把船撐到海帶附近，然後才進行徒手採摘。回到岸上後，用馬車把收穫載到海邊，然後把海帶一條一條鋪在海灘上晒乾。這項晾晒的作業要反覆好幾遍，直到海帶被晒成黑色爲止。

我每年在北海道撈兩個月的海帶，然後在十月初返回老家割稻。這種往返打工的生活，大概持續了三年左右。

後來因爲父親腰疼，沒辦法再到田裡幹活，而弟弟勝男和正男又希望繼續升學，再加上我自己也有了洋子和浩一，將來養活他們的花費也會越來越多，所以我跟家裡商量之後，決定到東京去找工作。

那是東京奧運的前一年，昭和三十八年的十二月二十七日，在一個年關將近的寒冷清晨，天還沒有大亮，我就離家前往鹿島車站，搭上五點三十三分的常磐線第一班列車。中午過後，火車抵達上野車站。由於車廂在沿途穿過了無數的隧道，我的臉孔已被蒸汽火車頭的煤煙熏得烏黑。我還記得當時覺得非常羞愧，越過月台時，我一面偸窺自己映在車廂玻璃窗上的臉孔，一面不斷把帽緣拉上拉下。

到了東京之後，我住進谷川體育株式會社位於世田谷太子堂的宿舍。在那座組合式建築物裡面，每名工人都分到一間六疊榻榻米大小的房間，廁所和浴室是公用。每天的早餐和晚餐，是由善於烹飪的同事負責煮些米飯和味噌湯，再做些簡單的菜餚。由於每天都要幹耗費體力的重勞力作業，所以每頓飯必須吃兩大碗米飯才能維持體力。

至於中午那一頓，當時並沒有像現代這麼方便好用的便當盒，而且就算是買得到，我也買不起。所以我通常都是吃完早飯後，用大碗裝些米飯，上面蓋個盤子，再用包袱布緊緊捆住，然後就提著大碗搭電車趕往工地。每天中午有一小時的午休時間，我可以利用休息時間跑到工地附近的商店街，買些可樂餅或炸肉餅作爲便當的配菜。

我是在體育設施的建設工地幹活，這些設施包括田徑運動場、棒球場、網球場、排球場……等，都是東京奧運會的相關設施。不過，我雖在建設工地幹活，卻沒看到推土機、挖土機之類重型機具。因爲我們這些鄉下出來的臨時工，根本也不會使用重型機具。雇主只讓我們拿著十字鎬或鐵鏟去挖土，然後用推車把泥土拉出去。全部作業都是人力。同事裡有很多人來自東北農村，他們都笑著說：「建設工地的工作跟種田差不多嘛。」每天五點下班後，同事會彼此相約去喝一杯。但我不會喝酒，也不知該算幸運還是不幸。「今天老子請客！」同事好幾次都嚷著拉我一起去，我也不好拒絕，只好跟著一起去，但不論多麼努力，我最多只能喝一杯啤酒。所以後來也就不約我了。

我的工資是日薪一千元，在家鄉幹上相同的工時，只能拿到三分之一或四分之一的酬勞。如果加班的話，工資還要再加算百分之二十五，所以我每天晚上都開開心心地自願加班，星期天和國定假日也照樣上工。

每個月十五日結算上個月到十五日之間的工資，我的月薪大約是兩萬元，每個月大約也是寄兩萬元回老家，這個數目跟當時教師的月薪差不多，如果換算成現在的物價，大概相當於二十萬元左右。

「差事很難找啊。」

一個流浪漢老頭一面抱怨一面啪地一聲，從楓樹的樹幹折下一根樹枝。我看過他身上那件牛仔外套，因爲背上有一塊白色的汗跡，形狀很像北海道地圖，好像是不小心沾上漂白劑才變成那樣的。我非常確定，那是我穿過的牛仔外套，是我在某個布類回收日從廣小路的垃圾場撿來的。這件外套在初春的寒冷時期非常保暖，所以我非常珍惜……我一直把這件衣服掛在小屋的屋頂，肯定後來被誰拿走了吧……在我失蹤之後……。

「現在景氣這麼壞，不管到大企業還是小公司做事，都會被當成垃圾啦。」

一名老婦說完，點燃嘴裡的喜力Hi-Lite，用力吸了一口。她的滿頭白髮像鳥巢一樣，身上穿了好幾層破破爛爛的長裙。

我看過這張臉……光滑的額頭跟她那張蒼老的臉孔很不相配……我記得這張臉……，早安！她還跟我打過招呼……應該也跟我站在路邊閒聊過……。

「三、四十人的公司，狀況最糟，最難挽救。」

「上次啊，我去搭小田急線了。」

「坐小田急線去什麼好地方啊？」

「那個死掉的阿茂，他做工的地方，不是要搭小田急？」

「阿茂？死了？」

「死了。阿茂在他小屋裡全身變冷啦。」

「都會死的，當然嘛，都那把年紀了。」

老婦的眼神突然變得陰沉又黯淡，我很想安慰她一番，但我沒法把手放在她肩上，也沒法發聲說出悼念的話。

我也認識阿茂。阿茂是個知識分子，整天都在讀他撿來報紙、雜誌或書籍。我猜阿茂從前一定是從事用腦的工作。

記得有一次，有人把小貓丟進阿茂的小屋，他就把貓帶去給獸醫治療，還用自己賣鋁罐的收入給貓做了避孕手術。阿茂很愛那隻貓，給牠取名叫做艾米爾。每次公園進行「上山打獵」行動時，他就把貓放在推車上，帶著貓兒一起離開，碰到下雨天，他還撐著塑膠傘給貓兒遮雨。

上野公園裡有一座「報時鐘」，每天早晚六點，還有正午十二點，寬永寺的和尚都會來敲這座鐘，這座鐘當初是幕府為了江戶居民報時才鑄造的。報時鐘對面的小山上有一座佛堂，裡面供奉著一個大佛腦袋。這個訊息也是阿茂告訴我的。

「那個大佛腦袋啊，實在太可憐了，祂經歷了三次大地震，一次火災，總共滾落過四次。第一次是在一六四七年，當時有個和尚覺得滾到地上的大佛腦袋無人聞問，十分不捨。所以就在江戶城裡沿門托缽，希望募些善款，重建大佛。可是這個和尚跑了一整天，也沒碰到一個願意捐錢的人。就在太陽快要下山的時候，和尚正打算回廟，這時，有個乞丐走過來，把一文錢投進和尚的鐵缽裡。之後，和尚就開始源源不斷收到捐款，最後終於建成了高達二丈二尺的大佛腦袋。但是大約在兩百年之後，大佛腦袋又被火災燒毀。這次也有人出面，歷盡艱辛之後，終於重建了大佛，誰知，十年後又遇到了安政大地震，大佛腦袋又被震落，大家只好再重建了一次。之後，大佛又經歷了戊辰戰爭與上野戰爭，也都平安無事。但後來在大正十二年發生了關東大地震，又把大佛震毀了。」

阿茂這個人很奇妙，不論他談論什麼話題，語氣都像個教師，說不定他從前是一位老師吧。

也是在那時，我跟阿茂談起家鄉的電波塔。那座高塔非常有名，大家一聽到「海濱公路的原町」這個地方，立刻就會聯想到電波塔。昭和五十七年拆除之前，電波塔就是原町的象徵。這座建築是在大正十年建成的，兩年後發生關東大地震的時候，日本就是經由這座電波塔，向全世界發出地震訊息：「今天正午，橫濱發生大地震，接著又發生大規模火災，全市幾乎都被大火包圍，死傷無數，所有的交通、通訊、能源系統全部震毀。」

阿茂聽我提起電波塔，又對我說：「關東大地震的時候，上野公園完全沒有著火，大家都說是因爲不忍池的池水起到作用。當時公園周圍都被燒得面目全非，公園正對面的松坂屋也燒光了。不只是上野周圍的居民跑到公園來避難，還有很多人是從日本橋、京橋周圍趕來的。也有很多人爲了逃回老家，就把全副家當堆在二輪推車上拉到上野車站來，當時車站裡和鐵軌上，都擠滿了人，火車根本動不了。據說行蹤不明的失蹤者人數非常多，西鄉隆盛銅像的底座上貼滿了尋人啟事。

地震發生後，昭和天皇[1]身穿軍服前往擠滿災民的上野公園巡視，他發現這座公園在防災方面具有重要價值，便在大正十三年一月，以『爲天皇陛下祈福』的名義把公園交給東京市政府，公園的名稱從此變成了『上野恩賜公園』。」

阿茂說話時，露出充滿愛意的眼神望著那隻虎斑貓艾米爾。貓兒閉著兩眼躺在草地上，但牠的長尾巴尖端卻在不停地抖動。

我沒告訴阿茂，我曾在近距離拜見過昭和天皇。

昭和二十二年八月五日下午三點三十五分，天皇御用列車曾在原町車站停車，

1 譯注：昭和天皇當時還是皇太子。

天皇下車後，在車站前面停留了七分鐘。

我那時剛從小名濱漁港打工返鄉，回家後立刻碰上這件盛事。

那天的天空一片湛藍，藍得令人心情沉重。油蟬的鳴聲在本陣山中不斷迴響，整座山峰都在顫動；斑透翅蟬也在油蟬的鳴聲中趁隙高唱。陽光燦爛搖曳，太陽彷彿已被融化，群眾的白襯衣，枝頭的綠葉，還有一切萬物，都顯得那麼耀眼，簡直令我睜不開眼。我跟其他聚集在車站前的兩萬五千人站在一起，頭上沒有戴帽，全身一動也不動地等待天皇蒞臨。

身穿西服的天皇從御用列車走下來之後，把手舉向禮帽的帽緣，向群眾打招呼，就在那一瞬，不知是誰突然發出高喊：「天皇陛下萬歲！」喊完之後，那個人還舉起兩臂不斷揮動，周圍的群眾立刻掀起一片歡呼。

「阿茂死了，你能相信嗎？」

「妳的菸灰都不會掉下來啊。」

「抽了八十五年的香菸，技術自然會變好囉。」

「嘿，妳從嬰兒時期就開始抽菸了？」

「阿茂是真的死了。」

「妳跟阿茂有過一段情？」

「你去上吊吧！」

「骯髒老太婆，還敢這麼凶！」

「你這混蛋！可惡的傢伙！小心我把你心臟吃掉！」

「山谷的老太婆要吃我，眞是光榮無比。啊！有蝨子！」

說著，流浪漢老頭用手在小腿上揮來揮去。

「蠢貨，是螞蟻啦。」

老婦的視線垂向腳邊，她的右腳穿著皮鞋，左腳穿著球鞋，望了一眼之後，她發現球鞋的鞋帶鬆了，卻沒有彎身把鞋帶繫好。

「別逞強了，坐下來！坐吧！」

「哪有地方可坐？」

「哎呀，坐下！」

男人說著在樹壇周圍的水泥矮牆上坐下，又從口袋裡掏出一張紙片。

「這東西值五千元唷。如果中獎了，分妳一半吧。」

女人在男人身邊坐下，嘴裡念念有詞地唸著馬票上的文字：

「夜間賽馬，第三十五屆天皇賞，第十一場，三連單投注一號、十號和三號的，可兌換獎金五百元，一號馬『近江雷神』，騎士木村健，十號馬『奇蹟神話』，騎士內田博幸，三號馬『咆哮歌利亞』，騎士橋本直哉。」

女人抽完香菸，把菸頭擲向穿皮鞋的右腳邊，菸蒂上升起一縷白煙。一列螞蟻在男人和女人的腳邊排隊通過，然後又一隻連著一隻，朝著樹幹上方前進，不過這些螞蟻的巢穴並不在樹上——。上野恩賜公園的每棵樹都掛著一塊塑膠圓牌，看起來有點像醫院、政府機關或圖書館的傘架鑰匙。這棵樹掛著一塊藍牌，上面寫著A620——，樹皮很粗糙，令人聯想螞蟻在皮膚上蠕動的感覺——。那些螞蟻的巢穴不在樹上。牠們通常是從樹上往下爬。一隻連著一隻，沿著平緩的坡道朝山下前進，柏油路面上散落著許多白色鴿糞，蟻隊蜿蜒前進，進入路旁覆蓋藍色防水布的小屋聚集處。這個角落的四周圍著一圈鐵皮護板，板牆上畫著樹叢，牆頭上方裝置了鐵絲網，網子外側用印著白雲圖案的藍色防水布遮覆。

一間小屋裡隱約傳出國會質詢的實況轉播聲。

「相信大家都很清楚，經歷了去年三月的事故之後，許多國民現在都懷著複雜的心情，針對這種背景造成的兩種輿論，我認爲政府一定要做出負責的決定。本席將再找機會向各位議員說明。」

「齋藤恭紀君。」

「您所說的安全基準，是基於安全神話做成的安全基準，現在以這種基準啟動核電廠，實在太矛盾了，所以大家才會那麼氣憤。不管怎麼說，這次重啟核電廠的決斷都不合理，國民因而發出憤怒的批判，請總理務必仔細斟酌後再做決斷⋯⋯。」

不知從哪裡傳來割草機的聲音。

空氣中飄浮著新鮮的青草氣息。

小屋裡傳來陣陣燒煮速食麵的氣味。

一群麻雀不知爲何受到驚嚇，忽然像在節分那天撒向空中的豆子，各自飛向四方。

花邊繡球花正在綻放，深紫小花組成的中央花球，周圍環繞著一圈淺紫小花，看起來就像把花球裝在鏡框裡。

我活著的時候，這一切都令我感到孤獨。

而現在，聲音、景色、氣味……已經混在一起，正在逐漸模糊、縮小，彷彿只要我伸出手指，眼前的一切就會消失得無影無蹤，然而，我已沒有手指去觸碰，已經無法觸碰，就連合掌的動作，我也沒法做了。

如果我已不在世上，我也就不會消失了。

「請內閣總理大臣答辯。」

「意見調查的種類非常多樣。我知道政各界已經進行了各式各樣的問卷調查。本屆內閣政權已從去年九月開始運轉，但從根本考慮，爲了幫助災民，政府必須把震災後的復興建設，核電事故的對應，日本經濟的再生……等課題放在最優先，最重視的位置。同時，今後要更確實地執行親近災民的施政方針。」

雨點突然從天而降，淋溼了蓋在小屋上面的防水布。雨滴隨著本身的重量掉落下來。恍如生命的重量、時間的重量，雨點很有規則地不斷滴落。下雨的夜晚，我沒法不去傾聽雨滴掉落的聲音，所以我總是整夜無法入睡。失眠，然後，長眠——，被死亡分隔的東西，被誕生分隔的東西，誕生帶來的東西，死亡帶來的東西，雨滴、雨滴、雨滴、雨滴——。

我的獨子離世那天，天上也下著雨。

Part 2

「今天下午四點十五分，皇太子妃殿下在宮內廳醫院生下親王，母子均安。」

昭和三十五年二月二十三日，電台播音員用歡快的聲調唸出這段新聞。

不久，許多群眾都聚集到二重橋和東宮臨時御所前面，人人手裡提著紅白兩色燈籠，收音機的廣播裡還可以聽到敲擊太鼓的聲音，有些人正在齊唱國歌，也有人高呼三聲萬歲。

咚咚！煙火的聲響從戶外傳來，咚咚！咚咚！一直從鹿島町鎮公所那邊傳來，總共超過二、三十發吧。

前一天早上開始，節子就覺得自己快要生了。

她這次生產遇到了棘手的難產，跟兩年前生洋子的時候完全不同。眼看節子整整痛苦了一整天，母親雖然連連安慰我說：「這不算什麼，不用慌張！天黑以前就會生的。」但母親眼中卻充滿焦慮，聲音也在顫抖。第二天快要天黑的時候，節子的臉孔漲得通紅，牙關緊咬，被綁住的兩腳不斷踢來踢去。我趕到同村的節子娘家去報告，娘家人告訴我，鹿島町有個產婆叫做今野敏，接生的技術非常好，趕緊去把她請來吧。

回家之後，我告訴家人要去請產婆，母親的嘴唇閉得緊緊的，一句話也不說，父親露出陰鬱的表情。收音機裡這時換了一位播音員，身邊圍滿了迎接皇太子返回御所的民眾。皇太子剛剛在醫院見到新生的親王，周圍的民眾都連呼萬歲，播音員的聲音裡更充滿了喜悅：「恭喜皇太子！恭喜皇太子妃！現在全國的國民都親眼瞻仰到皇太子的風姿，大家都欣喜若狂，歡呼萬歲的聲音也比剛才更震耳了。真心祝賀親王誕生。」起居室窗外的天色變暗了，全家只有我一個人呆站在那兒，窗上映出我孤獨的身影，我知道家裡沒錢請產婆，也沒時間去想辦法借錢，而且就算想借，也沒地方去借。我嚥了一口唾沫，嘴裡又湧出更多唾沫，不一會兒，口腔裡面已經裝滿了唾液，收音機的聲音變得十分遙遠，我再度嚥一口唾沫，耳中連沉默也聽不到了。

等我回過神來，我已在路上奔跑，父親和母親已從眼中消失。儘管兩腳正在拚命向前跑，腦中卻仍在盤算如何弄錢。我竟連這麼一點錢都沒有，這麼一點點的錢，都弄不到。我一面嘀咕一面奮力向前奔跑。

浩一出生的時候是我這輩子最窮的時期。當初跟父親一起到北右田海濱去撈北極貝，原本打算靠這工作養家餬口，然而，每次薪水一到手，就得馬上拿去還債，信用金庫、五金行、米店、酒店……等各處的賒欠，眨眼之間，薪水就全到了別人口袋裡，自己的手邊幾乎沒剩多少錢。

母親和節子爲了塡飽全家的肚子，從初春到初秋，除了雨天之外，她們每天都在野外耕作，不但種植旱稻，還種了芋頭、南瓜和青菜類，等到秋收之後，她們把農作物全都帶回來餵養全家。

冬季期間，母親和節子還要爲全家編織毛衣。但因爲她們買的是廉價毛線，織好的毛衣很快就會出現破洞。不過，她們還是耐著性子挑開裂縫，再加進一些新的毛線，把破洞重新補起來。我喜歡看最小的妹妹美智子在一旁幫忙的模樣。母親和節子會把拆開的毛線掛在美智子的兩隻手腕上，然後把毛線捲成一個線球，美智子則配合母親和嫂嫂的動作，左右來回搖晃著兩隻手腕。「哪，唱個什麼歌嘛。」有一次，美智子向大人提出要求。寡言害羞的節子不肯開口，母親卻突然唱了起來：「哄著小寶貝，看似很輕鬆，其實不輕鬆。」「媽媽什麼時候學會這首歌的？」美智子問。「釀酒廠啊。從前我在那裡幫忙帶小孩的時候學會的。大概是我七、八歲的時候吧。」母親很懷念似地說。後來，我從歌詞的「哄著小寶貝，看似很輕鬆，其實不輕鬆」聯想到「養兒看似輕鬆，其實非常艱辛」時，胸膛裡猛地感到一股重壓，好像吞下一塊大石似的，眼眶也不自覺地熱了起來，好像正在燃燒似的。

家裡一年到頭都有討債的上門來要錢。

每次都是年幼的弟弟勝男和正男去應付，我叫他們告訴債主：「爸爸和哥哥都不在家。」「這種謊話可騙不了我。究竟到哪裡去了？什麼時候回來？」債主的聲音變得很尖銳。「不知道什麼時候回來。」弟弟一面吸著黃鼻涕一面抽泣著說。「那你媽也不在嗎？叫你媽出來！」債主狠狠地反問。「媽媽去原町了，不在家。」說完，弟弟放聲大哭。「真沒辦法。那你轉告他們，我還會再來。」說完，債主才嘀咕著離去。

我鬆了口氣，心底不禁思索：貧窮是一種罪，逼得小孩不得不說謊。這種罪帶來的懲罰也是貧窮，無法承受這種懲罰的人，只好再去犯罪；除非擺脫貧窮，否則窮人一輩子都得活在這種循環裡——。

每年只有除夕到正月十五的這段時間裡，債主才會暫時放過我們。除夕那天，我們全家十人一起到鹿島市內的勝緣寺去拜拜，然後全家排隊輪流去敲除夕鐘。元旦當天，我給弟妹每人一袋象徵性的壓歲錢，然後跟大家一起玩些傳統的新年遊戲，譬如像放風箏、羽子板、歌留多牌、矇眼貼眼鼻⋯⋯。

二月是一年當中最難熬的時期。

浩一誕生前十天左右，一群稅務署官員浩浩蕩蕩地闖進家裡，然後把紅紙條貼在各處。好在鍋碗瓢盆和小矮桌倒是被他們放過了，但家裡的衣櫥、收音機和壁鐘都毫不留情地貼上了紅紙條。

「這種沒用的廢物，最好給我搬走，那才痛快呢。」父親一面喝著劣質燒酒一面吸著牙齒說。但在貼滿紅紙條的家裡吃飯睡覺，心情卻感到非常悲慘。

那一天，就是浩一誕生的那天，那些被貼上紅紙條的傢俬，究竟還留在家裡，還是已經搬走了？我已經想不起來。

我只記得，那天非常冷。夜路上，雪花飄舞，四周一片漆黑，我把臉湊近一戶人家的名牌，看清了上面寫著「今野」，立即舉手拍打木門。我沒有問收費，因爲不敢問。回家之後，產婆立刻戴上白帽，穿上白圍裙，又拿出一個喇叭形狀的黑色聽診器，放在節子的大肚子上面傾聽；我在起居室一面聽收音機一面等待。半晌，耳邊傳來新生兒的呱呱哭聲，產婆過來報告說：「是個男孩。恭喜恭喜。跟親王殿下同一天誕生，眞是可喜可賀。」

我在棉被旁蹲下來，伸長了脖子，看到節子把嬰兒放在身上抱著，她已經開始餵奶了。

但不知爲什麼，我還沒看到嬰兒，就先看到節子那條彎得像鐮刀似的手臂，還有整條胳臂上的肌肉。她因爲整天從事農作，手臂已被陽光晒得黝黑。

「眞是個乖阿弟。」剛才一直說著標準語的產婆，這時突然冒出一句方言。節子吃吃地笑起來，身體一陣抖動。「好痛！」她突然皺著眉發出叫聲，然後抽出抱著嬰兒的手，摁了一下自己的額頭，又再度發出笑聲。儘管是嚴冬季節，她的額頭卻被汗珠沾溼了。

聽到妻子的笑聲，心頭的緊張消失了，我才轉眼細細打量嬰兒的小臉。我突然很想哭，明明是我這個做父親的正在俯視兒子，心情卻像個仰望母親的嬰兒。

兒子跟浩宮德仁親王同一天出生，我決定借用親王名字裡的「浩」字，給兒子取名爲浩一。

「氣味很重吧？」

「嗯，反正把牠們放在玄關嘛。」

「但也不會聞不到吧？」

「嗯，是啊，不過，我習慣這種氣味了。要是每天傳來不同的氣味，我才會覺得納悶兒：咦？怎麼回事？但因爲每天都聞到相同的氣味，所以完全不在意。」

女人正在向前邁步，她的左手牽著三隻玩具貴賓狗。看她年紀大約三十多歲，腰上掛著一個寶特瓶，白狗的脖子上掛的是紅色狗繩，灰狗是粉紅狗繩，褐色狗兒則用藍色狗繩牽著。女人的右側還有另一個年紀相仿但身材較爲高大的女人跟她同行。

「養這三隻狗，光是飼料的花費就很可觀吧？妳餵牠們狗食啊？」

「每天把米飯、雞翅、瘦牛肉倒在鍋裡混在一起，然後用小火慢慢燉煮。不過我擔心牠們蔬菜不夠，所以還把蘿蔔、紅蘿蔔之類的蔬菜也加進去，生菜？只要是蔬菜類，不管什麼菜都大把大把丟進鍋裡喔。」

「吃的比人還好嘛。」

「是啊，我才吃一個熱狗麵包呢。」

「熱狗麵包現在還能買得到？那東西不是從前營養午餐常吃的？」

「小巷裡那種家庭式麵包店還能買到喔。」

咯咯咯……一陣皮鞋的聲響。沙沙沙……皮鞋踏著枯葉的聲音。我的耳朵已經聽不到那些聲響和聲音，但我似乎正在側耳傾聽；我的眼睛已經看不見那些人影，但我似乎正在凝神注視；自己的所見所聞，我已無法發聲說出來，但我還是能跟他們交談。只要是在記憶裡的人，不管是活的還是已經不在的……。

「牽牛花市馬上就要開市了吧。」

「下下週的週五到週日呢。」

「言問通一定盛況空前吧。」

「那當然囉，會有一百多個攤販參加呢。」

路上有張小椅子，一名美術學院的學生坐在椅上，正在用綠色水彩給畫中的樹木著色。一群頭戴棒球帽和草帽的老人圍繞在學生身邊，有人把手插在口袋裡，有人抱著雙臂，還有人背著雙手，每個人的手裡都是空的。

沒有人打傘。柏油路面已在不知不覺中變乾變白了。

今天一整天這雨都是下了停，停了下吧……。

今天……。

一整天……。

那天也下著雨。我像在躲避冷雨似地垂著頭，雨點落在已被淋濕的鞋子周圍，又從地面反彈起來，就像天婦羅鍋裡的熱油。我迎著雨點，晃著肩膀在雨中前進——。

「大家都會穿牽牛花圖案的浴衣，對吧？」

「現在的年輕人不會穿浴衣啦。」

「不，會穿的。多好看啊。」

「每年我都會買兩盆唷。兩隻手各提一盆。有時以爲一定會開花的，不好好照顧的話，還是不行。牽牛花是南國的花朵，要放在陽光充足的地方，要是白天看到葉子像狗耳朵似地垂了下來，就澆些隔夜水或是洗米水。暑假期間要注意不要讓它結出種子，花兒謝了，就要趕緊摘掉。第二年播種需要的種子，要等到九月中旬左右，那時開的花才讓它結果。」

路邊有一輛自行車停在那兒。

剛好停在東京大空襲慰靈碑「時間遺忘之塔」的前面，或許是空襲時受難的遺族到這裡來拜祭親人吧。

我以前幫黃牛組織做過熬夜排隊的臨時工，每天工資千元日幣，那時，知識分子阿茂也跟我一起站在隊伍裡，他對我說過一段往事：

「美軍對日本進行的東京大空襲，是在昭和二十年三月十日深夜零點八分開啟序幕。據說是三百架軍機組成的大型轟炸隊，駕著B－29進行超低空飛行，並在人口密集的下町投下了一千七百噸燒夷彈。那天晚上市內吹著強勁的北風，火焰像海嘯似的瞬間襲擊市區。受災最慘重的是言問橋。事實上，隅田川兩岸居民只要越過這座橋，應該都能獲救，所以很多人都立刻抱著或背著孩子匆忙上路，也有人騎自行車，或用手拉車、推車之類的工具載著全副家當和老年人——，但沒有想到，大火竟從淺草那邊一路燒過來。許多全身著火的群眾從橋上奔逃而過，無數燒焦的屍體堆積在言問橋上，路人連佇足的空間都沒有，後來，大約有七千具屍體暫時埋葬在隅田公園，被搬到上野公園的屍體大約有七千八百具——。僅僅在兩小時之內，就有十萬人被奪走生命，但東京市內卻連一座紀念東京大空襲或戰災的官方建築都沒有，甚至連廣島和長崎都有的和平公園，東京也沒有。」

「時間遺忘之塔」前方的自行車背後，有個六十歲左右的瘦男人蹲在那兒，他正對著自行車的後照鏡在刮臉。男人手裡拿著一把縫紉大剪刀，撐開的刀刃被他當成刮鬍刀，在臉上刮來刮去，喳啦喳啦……刀刃不斷發出聲響。男人身上穿一件黑T恤，下面是白長褲，打扮得乾淨俐落，但他的自行車載物台上卻堆滿各種物品：營帳、大鍋、小鍋、雨傘、橡膠夾腳拖鞋……等。車前的購物籃上掛著幾件溼衣服，都用晒衣夾固定著。可能這人也是個流浪漢吧。既然他在刮鬍子，那就表示已經找到日雇的工作了吧。上了年紀的老人是很難在工地或建築現場找到差事的，所以他大概是到辦公大樓去當那種日薪一萬元的清潔工吧。這種工作是趁公司行號週末休息的兩天之內，把一樓到十樓的電梯間和走廊刷洗乾淨，等到地面變乾後，再塗蠟、磨光……。

所謂的「時間遺忘之塔」，其實是一座母子三人組成的雕像，女人的右臂抱著男嬰，左手環抱女孩，女孩抬頭仰望右側的天空，並舉手指著天空；嬰兒仰望左側的天空，母親的目光正視前方。

那天阿茂一直滔滔不絕向我描述著東京大空襲的往事，直到售票處打開窗口，隊伍開始向前移動他才打住，之前他也向我介紹過上野公園其他景點的訊息，譬如像大佛腦袋、報時鐘、清水觀音堂和西鄉隆盛銅像，但他那天的語調跟從前完全不同，彷彿沉浸在恐怖與悲傷的情緒裡，又好像要努力揮走那些感覺，所以我忍不住猜測，或許阿茂就是東京大空襲的倖存者吧。因為他在這裡找到了家人的遺體，後來才會到上野公園來搭個小屋，過著流浪漢的生活。然而，那天正是嚴冬季節，天氣酷寒，我的嘴唇乾燥得發不出一絲聲音，再說，我雖然看出阿茂的情緒跟平日不同，但我並不想追究是什麼原因讓他變成那樣。

「那時很多孩子都被迫離開父母，集體送到農村去避難，還有些孩子被安排住在寺廟或旅館裡。三月十日那天是陸軍紀念日，第二天是星期天，剛好是二連休，所以很多孩子在大空襲前一天的三月九日，回到東京的家裡。後來在上野公園發現了好多燒成焦炭的親子屍體，都緊緊地抱在一起。」

每次看到這座「時間遺忘之塔」，我都會覺得自己彷彿站在往日的面前。洋子跟浩一相差兩歲，他們應該也有過跟雕像裡那兩個孩子相同年齡的時期。但我一直在外面打工，很少在家，所以從來都沒給孩子拍過照，而且我也沒有照相機。

我只有一張浩一的照片，原本是貼在放射線技師專科學校學生證上的小照片，後來那張小照片放大沖洗成了遺照，看起來模模糊糊的，好像隔著一層毛玻璃。

那張遺照看著像是別人。

但死掉的人，真的就是浩一。

東京奧運結束後，都市開發的旋風也吹到了東北地方和北海道，各地都忙著進行公共建設工程，譬如像幹道公路、鐵路、公園，整修河川……等，許多大型設施如學校、醫院、圖書館、公民館……，也陸續投入建設。谷川體育株式會社在仙台設立了分社，我也從東京世田谷宿舍搬到仙台宿舍。之後，我又被派到東北地方和北海道，負責在棒球場、田徑賽場和網球場之類的體育設施工地幹活。

那天，一大早就開始下雨，但我還是拿著十字鎬，在福島須賀川市政府的網球場工地掘土。

晚上，回到宿舍後，有人告訴我，森先生，公司來電話，說你老婆打電話找你，你兒子過世了。

就在幾天前，我才接到節子的電話向我報告：浩一考取了國家放射線技師資格。所以聽了同事的話，我想，一定弄錯了吧。我連忙打電話回家，家人告訴我，浩一在他的寄宿公寓裡死了，是在睡夢中斷了氣。警方認為死因可疑，所以要進行驗屍。

雨一直下個不停。

洋子已經遠嫁仙台，她老公開車到須賀川來接我，路上順便繞到八澤去接家裡的節子。

雨一直下個不停。

坐在車中時，我們說了些什麼？還是什麼都沒說？我不記得了。

到達東京時，已經是第二天早上。

雨一直下個不停。

走進警察局的太平間，我看到全身赤裸的浩一，身上蓋著一塊白布，警方告訴我們，必須先讓法醫進行解剖。

走出警察局，外面還是在下雨。

我跟節子走進浩一住了三年的公寓，一起躺在他死前睡過的棉被裡，直到清晨。

我跟節子說了些什麼？還是什麼也沒說，我不記得了。

第二天早上，走出公寓的時候，雨還是下個不停。

到了太平間，浩一已換上浴衣放進棺材。是洋子的丈夫幫我們找了一家葬儀社處理的。他前一晚就住在警察局附近的旅館裡。

法醫把死亡診斷書交給我，最下面的死因欄寫著：病死、自然死。最上面的一欄寫著死者的姓名與出生年月日。

森浩一，昭和三十五年二月二十三日——。二十一年前從收音機裡傳來的聲音，又在我耳邊響起。

「今天下午四點十五分，皇太子妃殿下在宮內廳醫院生下一位親王，母子均安。」

§

浩一被安放在他出生的佛室裡。

我伸出兩手，拿起蓋在他臉上的白布。

這是從兒子的嬰兒時期以來，我第一次這樣認眞地注視他的臉孔。

那時我也是像這樣跪在枕畔，彎著身子，伸長腦袋——。

他的身體雖已接受司法解剖，但是臉上沒有任何傷痕。

我注視著他的臉孔。

半圓的眉型看起來像半圓形的太鼓橋，粗短的鼻樑，豐滿的嘴唇——，這孩子，跟我長得好像。

從他出生以來，我就一直在外面打工，幾乎從沒跟他一起走在路上，所以也沒有機會聽到別人的評語：「哇，你們長得好像！」「長得很像爸爸喔。」我也沒跟兒子一起照過相，沒機會把照片裡的自己跟兒子的臉孔互相對比。

浩一知道自己長得很像父親嗎？

節子有沒有跟他說過「你跟你爸長得很像」？

洋子的長相跟她母親節子像是一個模子出來的，他們姐弟倆有沒有聊過誰長得像母親，誰又長得像父親呢？

離家打工二十多年，我竟不知這個家裡的成員曾經聊過什麼。

出外打工的這些年，弟妹都已分別結婚生子，有了自己的家庭，我自己的孩子也經歷了小學畢業、中學畢業、高中畢業，後來，洋子出嫁了，浩一離家到東京求發展，家裡只剩下年邁的父母和節子。但我爲了負擔浩一在放射線技師專科求學的學費和生活費，還要寄錢回家，所以我仍然必須在外面打工。

從十二歲開始，我就過著這種生活，從來不曾對這種生活感到不滿——。

浩一在睡眠中停止了呼吸，但他現在看起來好像正在睡覺，看著他那張跟我長得一模一樣的臉孔，我忍不住陷入沉思，自己的人生究竟是怎麼回事？多麼徒勞空虛的人生啊。

洋子正在哭泣，似乎用盡了全身力氣。

節子用手緊緊摀著嘴，看起來像要把嗚咽或悲泣壓住，但她眼中沒有眼淚。

我從聽到浩一的死訊到現在，沒有流下一滴眼淚。

我無法接受。

剛滿二十一歲的兒子突然失去生命，這項事實，我沒法接受。

我實在太震驚、太悲傷、太憤怒，以至於覺得哭泣跟現在這種狀況極不相稱。壁鐘好像敲響過幾次，幾小時似乎已經過去，但我卻無法眞實地感受時間正在流逝。

年已八十的母親雙手合十，把白布蓋在孫子的臉上說：

「這麼多年以來，你辛辛苦苦寄了那麼多錢回來，現在好不容易就要苦盡甘來了……你可眞不走運啊……，明天要辦喪事，還是早點睡吧。洗澡水已經燒好了。」母親跪坐在地上，把一條腿的膝蓋豎起來，眼角的皺紋裡積滿了淚水。

去浴室洗澡的時候，我手握刮鬍刀打量著那面右側確實有點破損的方形鏡子。

雖說鏡中那張臉，跟平時沒什麼不同，仍是自己熟悉的那張臉，但我卻有一種異樣的感覺。

從我被帶到警察局，在那裡看到裸體的浩一的瞬間，我一直在避免使用那個字眼，但現在躺在佛室的那具肉體，是浩一的遺體。

那張臉孔，是浩一的遺容。

浩一已經死了。

明天或日後，他永遠不會活過來了。

想到這兒，心底不禁顫抖起來，我無法壓制這種震顫，不論怎麼努力，好像都不能讓這顆心平靜下來

我走到戶外，雨已經停了。

雨水刷洗過的空氣，清澈透明，浪濤撲向岸邊的聲音聽起來似乎比平日更爲接近。

一輪滿月升上天空，射出珍珠般的純白光澤。

月光照射下，家家戶戶的房舍彷彿沉浸在湖底。

一條白色的道路綿延向前。

那是通往右田濱的公路。

風兒吹過，即使在暗夜裡，山櫻的花瓣仍然閃著白光翩翩起舞。我突然想起，海濱公路的櫻花要比東京晚兩三週才會開花。

海濤的聲音更響了。

我獨自佇立在黑暗中。

亮光不是爲了照亮什麼，

而是爲了讓人找到被照亮的物體。

所以，亮光照不到我。

自始至終，我都在黑暗中——。

回到家中，家人都睡著了。

摺好的睡衣擺在棉被上。我換好睡衣，躺在枕頭上，拉起棉被。

傾聽著家中的各種聲響，我的腦中漸漸陷入昏沉，待睜開眼的時候，我看到微亮的陽光從窗簾的縫隙中射進房間。

「你可真不走運啊。」母親的話就像滴在胸前的雨點，漸漸滲進心底，我在棉被裡握緊了拳頭，小心翼翼地翻個身，把臉背向身邊的節子。因爲我不想把她吵醒。

身爲喪主的我必須到隔鄰的鄰長家去問候一下。

暖風不斷吹來。

我看到無數櫻花瓣像在比賽似地從樹上飄落下來。

一路前進，我感到天空高掛頭頂。

萬里晴空下，春季的一天展開了序幕。

我知道自己正在努力。

努力想從這件事解脫出來。

從我聽到浩一的死訊，我就一直在努力。

以往是爲了工作而努力，現在的努力則是爲了活下去。

我並不想死，只是對努力已經感到疲憊。

突然，一隻胸前長著白羽毛的陌生鳥兒從櫻樹枝頭一躍而下，牠不是麻雀，也不是山鳩或樹鶯。明明聽到我的腳步聲就在身邊，牠卻一點也不在意，只顧著徘徊在碎石路上。看牠踱步的模樣，就像一名剛剛上任的新手教師，背著兩手，一手抓著粉筆，不斷在黑板前面走來走去。

不一會兒，鳥兒消失在視野的左端，我猛然回頭，發現鳥兒已經不見了。

只剩櫻花的花瓣仍在飄落。或許，那隻鳥兒就是浩一吧，我想。

時間緩慢地匍匐前進。就算我加快腳步，卻好像一步一步走進寂靜的深處。如果時間一直像這樣，緩慢到不知是否正在向前移動——，那麼，死亡是否就像在時間靜止的空間裡，只有自己一個人被遺棄在那兒的感覺？……或者是空間和自己都已消失，只剩時間仍在前進的那種感覺？……浩一到哪裡去了？……他已經消失了嗎？……

回家之後，我看到葬禮的花圈已經擺在靈堂，紙門也暫時撤掉了，許多穿著圍裙或烹飪服的女人正在來回奔忙。她們好像是節子娘家和住在附近的親友，都是各自帶著菜刀和砧板過來幫忙的。幾把菜刀一齊切菜的聲響不斷從廚房傳來。

我想起自己跟節子在這棟屋中舉行結婚典禮的情景。那時節子才二十一歲，聽說她出嫁過一次，是嫁給住在雙葉的親戚家，後來因爲跟丈夫過不下去，只好回到娘家。我跟節子從小就在八澤尋常高等小學校一起上學，經常在路上或門前碰面，所以我們連相親這道手續都省了。雙方家庭交換想法後，很快地，我跟節子的婚事就定了下來。那一天，我換上印著家紋的和服外套和裙褲，在親戚和媒人的陪伴下，一起走路到節子家去迎親。她家跟我家之間的距離不到半里[2]，所以不到一小時之內，我就把穿著白無垢新娘禮服的節子接回家來。白無垢……不，不是白色……好像是黑色……應該不是白色，但她的頭蓋是白色的，新娘禮服不是白色……。

甜中帶鹹的紅燒香味開始在空氣裡瀰漫時，勝緣寺的住持出現在迴廊外面。「先向府上的不幸表示哀悼。我來爲逝者超度祈福。」說完，住持直接登上迴廊走進佛室。

住持在佛壇前正襟危坐，然後在銅磬上連敲兩下：「叮！叮！」親友和同村的村民都是眞宗門徒，大家都跪直了身子，雙手合十。

我望著浩一臉上的白布、佛壇上的蠟燭冒出的火焰與白煙，還有不知何時取代了供花小菊的樒葉，突然感到非常恐懼，似乎全身的血液都在亂流。

「如是我聞。一時佛在。舍衛國。祇樹給孤獨園。與大比丘僧。千二百五十人俱。皆是大阿羅漢。衆所知識。長老舍利弗。摩訶目犍連。摩訶迦葉……。」

我閉上雙眼，調整呼吸，設法把全副精神都集中在阿彌陀經的經文裡，然而，心臟鼓動得十分激烈，血塊幾乎要從喉嚨深處冒出來，我甚至覺得自己可能馬上就要嘔吐了。

南無阿彌陀佛，南無阿彌陀佛，南無阿彌陀佛……，母親念經的聲音在我右耳邊響起，我也嚅動嘴唇，設法跟著其他人一起誦唱日本佛教讚歌，然而，我卻像剛跑完長跑的選手，幾乎無法呼吸，嘴裡也發不出任何聲音，就這樣過了好幾分鐘，我感到合十的兩手逐漸變冷變硬。

—2 譯注：半里，約兩百五十公尺。

不蒙彌陀弘誓力
何時何劫出婆娑
佛恩深重常思憶
應念彌陀為報恩
娑婆永劫苦能捨
淨土無為果可期
本師釋迦教化力
長時念報佛慈恩

這段經文是父親跟母親每天早晚必定誦讀的，就連他們生病時也從沒中斷過一天。

父親平時還會跟我們講述祖先受苦受難的往事，母親則一面織毛衣或補衣裳，一面默默地傾聽，臉上露出深受感動的表情。

我們家原本並不住在相馬，江戶後期的文化三年，也就是大約在兩百多年以前，祖先吃盡了千辛萬苦，才從大老遠的加賀越中搬到這裡。

說起加賀越中，也就是現在富山縣。最早移居到這裡來的，是礪波郡野尻庄字二日町的普願寺住持淨慶，他讓自己的次子光林，在原町創建了常福寺，又讓三子林能在相馬創建了正西寺，四子法專在雙葉創建正福寺，這三間寺廟被稱爲「草創三寺」。

此外，當時還有另一位越中的和尚也移居到相馬來，他就是礪波郡麻生村西園寺住持円諦的次子廓然，鹿島的勝緣寺就是他創建的。

廓然遷到相馬之後，親自扛著鐵鍬和鋤頭下田耕作，同時還致力於開闢鹽田。每年收穫稻米之後，廓然把收成換成資金帶回越中，然後帶領十戶人家遷到這裡定居，並主動擔任這些居民的大家長，所以大家都稱他是「洗塵僧」。

我家七代以前的祖先，跟廓然和尚是同鄉，都住在富山縣的礪波郡麻生村。

那個時代的農村，既沒有電車，也沒有巴士，一般人出遠門只能靠兩條腿，我的祖先遷到這裡來的時候，必須先從越後走到會津，再從二本松走到川俣，翻越八木澤關卡之後，才算到達了相馬，據說前後總共要走六十天。

離開老家的時候，幾乎所有人都窮得兩手空空，但還是有些鄉親想到，到了新天地之後，大家仍然得靠耕作維生，所以他們就把柿子樹的新枝插在新鮮蘿蔔裡，帶到相馬來種。俗話說：「桃栗三年柿八年。」這句話的意思是說，桃樹、栗樹成熟得比較快，柿子樹需要比較長的時間才能結出果實。不過，除了這句俗話之外，還有句俗話說：「凶年柿子大豐收。」而事實也證明，後來遇到荒年挨餓時，大家確實就是靠柿子活過來的。

也因爲這個理由，現在那些眞宗門徒家的院子裡，全都種著柿子樹，而且都是幾代以前的祖先種下的，他們把這些柿子取名叫做「蓮如柿」或「富山柿」。我家附近鄰里採收的柿子，也幾乎都是「富山柿」。

鹿島町的村落當中，眞宗門徒較多的村子包括：赤木、柚木、蒲庭、小山田、橫手、南右田、北右田、寺內、北海老——，相馬的村落中，眞宗門徒較多的村子包括：中村町、大野村、飯野村，另外，像原町的石神村、太田村、高平村、澀佐、大甕、雫、北原、萱濱——，另外還有小高的岡田、金房、福浦——，浪江、請戶、雙葉、大熊等村落，也是當初眞宗門徒移居的地點。

是我們的祖先把這裡的荒地開墾成農田的喔，父親說，因爲一等農地根本不會分給我們，我們只能移居到鹽分較重的海邊，或是經常會遭到野獸侵襲的山腳地。

相馬有很多眞言宗、天台宗和曹洞宗的寺廟。

原本住在本地的居民跟我們的喪葬方式也不一樣。相馬居民採用土葬，眞宗門徒採用火葬。相馬居民舉行葬禮時，要在棺材裡放進六文錢、手杖和草鞋，並爲死者穿上白壽衣，替死者做好前往冥界的準備。眞宗信徒則認爲，人死之後即將前往淨土，所以葬禮時只爲死者換上白衣。

眞宗門徒舉行葬禮或婚禮不挑日子，不論是大安、友引或佛滅，眞宗門徒既不刻意選擇，也不故意避開。死亡在眞宗門徒看來，並不是晦氣的事情，所以也不會在門上貼一張寫著「忌中」的紙條，或到處撒鹽辟邪。

相馬當地民家的佛壇都很小，而眞宗門徒的日常生活則以佛壇爲重心，家家都有一座宏偉的佛壇，放置佛壇的佛室至少都有六尺或十尺見方。[3]

相馬當地居民都把牌位放在佛壇上，而我們眞宗門徒只把記載著逝者的戒名、年齡、生平、出生與死亡時間的記錄簿放在佛壇上。

相馬當地居民家裡除了設置神龕之外，還有供奉大黑天的神架，供奉三寶荒神的神架，其他如門口、客廳、畜棚、廚房、井口、廁所……之類的地方，還要貼張符咒，而眞宗門徒的家裡卻連神龕都沒有。

相馬當地居民非常重視神佛的祭日或忌日，但眞宗門徒對這種事卻一點都不在意，所以門徒家中新年時不擺門松之類的新年裝飾，中元節也不搭祭壇陳設供品，不燃燒迎魂火。有人批評眞宗門徒說，點燃迎魂火是要告訴祖先，這是我們家。啊？祖先都已經成佛了，什麼事情他們都知道啦，父親說，難道不燃迎魂火，他們就回不來？什麼鬼話啊。

中元節的供品裡面有黃瓜和茄子，上面插著四根短麻稈，據說黃瓜代表馬，子孫希望祖先騎馬盡快回家，茄子代表牛，祖先也可以悠閒地騎牛回來——，我們的祖先才沒有那麼笨呢。成佛的祖先不會一年只來一趟啦。他們去世的瞬間就已成佛，立刻就從淨土回到自己家了，一年三百六十五天，從早到晚都在守護自家子孫啊。說什麼祖先只會在中元節前後那一週回來，哪有這種蠢事？

《眞宗勤行集》裡寫道：「稱南無阿彌陀佛，十方無量之諸佛，百重千重相圍繞，歡喜同行護念也。」意思就是說啊，只要嘴裡誦唸南無阿彌陀佛，已經成佛的祖先就會圍繞在我們身邊，圍成幾百圈幾千圈，滿心喜悅地保護我們這些後代子

3 譯注：文中的「代」，是指掛在佛壇中央的畫軸尺寸，通常長寬四尺的佛室可以放置一百代的佛壇，所以文中提到「放置兩百代」的佛壇的佛室，必須長寬六尺才夠，四百代的佛壇則需要十尺。

孫。你看，就是這一段，「日夜常隨守護也」「日夜常隨爲守護」。父親每次說到這兒，總是會再三重複這兩句經文。

相馬藩的土地神是妙見大權現，另外還有相馬中村神社、原町太田神社和相馬小高神社，這三間神社供奉的是妙見菩薩。每年七月二十三日、二十四日、二十五日這三天，相馬居民照例舉行「野馬追」，但眞宗門徒卻不願浪費這三天，大家依舊跟平日一樣在田裡除草。這種表現眞的讓相馬當地居民很火大，所以每年舉行「野馬追」期間，那些「土著大人」總是會搶走我們的除草工具。

「土著大人」是我們對那些相馬當地居民的稱呼，他們則叫我們「加賀人」，還很不屑地說我們是「無知門徒」。

我們的祖先遷到這裡之後，肯定吃過很多苦頭。相馬藩的藩主把土地分給大家時說過，只要把土地開墾出來，那塊土地就是你的，大家都給我好好兒幹活！所以我們的祖先就在自己的地上努力耕作，把荒地墾成了良田，但誰也沒有想到，藩主卻不讓我們碰他們灌溉農田的用水。

父親說，田地開墾出來之後，無水可用，實在令人頭痛啊。我們想跟「土著大人」商量借水，他們卻把我們「加賀人」擋在門外，不讓我們進門，我們只好跪在玄關外的泥地上等候。後來，眞宗門徒眼看眞的借不到水，只好大家合力建造一座蓄水池，並且修築水溝，把新池的水引進田裡灌溉。

我們眞宗門徒每天早晚都要誦讀「正信偈」。「土著大人」遠遠聽到我們唸著南無阿彌陀佛，以爲大家因爲思念故鄉加賀，正在大聲哭泣，所以他們總是譏笑我們念經的聲音叫做「加賀泣」。

我想祖先們當時一定非常痛苦吧。所以親鸞上人告訴我們：「念佛者，無礙之一道。」儘管相馬居民譏笑我們是「加賀泣」，但只要想到當初祖先到這裡墾荒時遇到的苦難，我想，任何痛苦與悲傷都不能阻擋我們前進，不管遇到多麼艱難的困境，我們都要勇往直前，在困境中求生存──。

乒！乒！乒！乒！乒！壁鐘發出耳熟的鐘聲，響徹整棟房屋，這個鐘在我出生以前就掛在那兒了。

浩一已經聽不到這鐘聲了。想到這兒，我覺得有些不可思議，眼睛直愣愣地盯著來回搖晃的金色鐘擺。鐘聲的餘音逐漸消失，家裡一片寂靜，就像沉在水底似的。我忍不住想像，浩一正在傾聽這分靜謐——。

時鐘敲響六點之前，我們的北右田村和鄰村南右田村的眞宗門徒都陸續來到我家，大家的脖子上都掛著布條狀的門徒式章。在勝緣寺住持的帶領下，衆人面向供奉在佛壇的佛陀，齊聲誦讀「阿彌陀經」。

做完這項守靈式的功課之後，大家動手撤掉佛室跟客廳之間的紙門，兩個房間立刻連成一間十六疊榻榻米的宴會場。接著還有人搬來三張折疊式長桌，守靈式的餐會馬上就要開始了。

父親事先已教我一段喪主致詞，所以我就把他的原話在前來弔唁的賓客面前又重複了一遍：

「今天各位在百忙當中，前來參加小兒浩一的守靈式，實在是萬分感謝。浩一已於三月三十一日，在東京板橋的公寓裡去世了。得年二十一歲。在下準備了一些粗茶淡飯招待各位，不成敬意，請多包涵。請大家享用飯菜的同時，一起回顧一下小兒生前的種種往事。另外還有一件事向各位報告，明天的葬禮是從正午開始。感謝各位，請多關照。」

說完，我在勝緣寺住持對面的座位坐下，各種精進料理也陸續送到我們面前，其中包括：金平牛蒡、紅燒素菜、豆腐拌蔬菜、山菜天婦羅、醃菜……等。每位賓客面前已經擺好小碟和玻璃杯。身爲喪主的我用雙手捧著一公升裝的「奧之松」清酒瓶，輪流爲每位賓客斟酒。

「浩一才剛滿二十歲吧？怎麼走得那麼突然……。」

「每個人都不知什麼時候會發生什麼事呢。」

「不知該說什麼……眞的沒想到浩一會……。」

「太突然了。」

「保重唷。」

「節子跟我說浩一在東京考取了國家放射線技師資格，那還是不久以前的事情呢。我才跟節子說，眞值得驕傲，他的前途一片光明啊……，實在太令人惋惜了……。」

「可悲啊。」

這時，跟我們相隔三家的鄰居前田家的次子修君帶著一位年輕女子走進來。

「事情發生得太突然，實在令人震驚……。」修君垂著眼皮說。

「這是你太太？」我問。

「是我老婆朋子，新年開春的時候才從浪江的請戶嫁過來。我們在原町的丸屋辦了喜宴，還請浩一致詞，浩一那時很健康啊。後來大家又去喝第二攤，氣氛熱烈得不得了，大家還一起唱了原町高中的校歌，沒想到那竟是最後一次……。」

唉！朋子嘆了口氣，從手提包裡拿出白色手帕拭著眼角，又擦了擦跟眼淚一起流出來的鼻涕。擦完，把兩手放在跪坐的膝蓋上。她那光滑圓潤的額頭和臉頰，給她那張孩子臉更添幾分稚氣。

「我跟浩一在眞野小學、鹿島中學、原町高中一直都是同班同學。因爲我姓前田，浩一姓森，我們的名字在學生名簿裡總是排在一起，每次點名先叫到我的名字，下一個就是浩一……，後來在原町高中的時候，我們都選了劍道部，他是我最要好的朋友，我當部長，他當副部長……。」

他說的這些，我都是第一次聽到。

浩一和洋子跟我這個難得見面的父親不太親，我也不知道該跟他們說些什麼。明明是跟自己有血緣關係的孩子，在我面前卻畏首畏尾，就像看到陌生人。

驀然間——，一個念頭在我腦中浮起。浩一到東京讀了三年的專科學校，他在那邊應該有些朋友吧，說不定還有女朋友呢。但我現在無法開口去問比我更傷心的妻子。再說，就算浩一真的有女朋友，也趕不上明天的葬禮了——。

眼前這對年輕夫婦互相依偎著走向佛壇，兩人把念珠掛在指間，雙手合十，口誦南無阿彌陀佛，低頭行禮之後，才把手放下來。

「請你一定要見見浩一的最後一面……。」節子對修君說。

修君在浩一的枕邊跪下，先把雙手放在膝前行了一禮，節子才把蓋在浩一臉上的白布拿起來。

修君的雙手仍然放在膝前。

「就像睡著了一樣……我眞的不敢相信……。」

說完，他雙手合十拜了一下，才回到新婚妻子身邊。

我給修君斟酒時想到，自己從來都沒跟浩一喝過酒，以後也沒有這種機會了，甚至連編織這種夢想的機會都沒了。就在這時，我感到視野的邊緣有個物體猛然起飛——，是那隻鳥！今天早上，我到隔鄰的鄰長家去問候時，在路上看到一隻胸前長著白色羽毛的鳥。如此說來，那隻鳥就是浩一吧——，我會有這種想法，可能因為連續好幾個人過來回敬我，我已經喝得爛醉了吧。

「浩一已經到達淨土了吧？」

這時，節子像在呻吟似的聲音傳進耳中。

不知什麼時候起，她已坐在勝緣寺住持的身邊。

「淨土眞宗的教義把『去世』叫做『往生』，也就是成佛的意思，所以我們不必為死亡悲嘆。阿彌陀佛曾發誓拯救所有的生靈。祂告訴信徒，只要誦念『南無阿彌陀佛』，祂就會來拯救眾生。所謂的拯救，就是讓亡者成為得到眞悟的佛陀，成佛卽是變成拯救生者的菩薩。然後，亡者成為阿彌陀佛的助手，再來拯救我們這些在紅塵中受苦受難的信徒，所以說，亡者變成等級次於阿彌陀佛的菩薩之後，會重新回到我們身邊。死亡絕對不是結束。在我們誦念南無阿彌陀佛的時候，亡者便會前來指引我們。一般舉行的守靈式或葬禮，還有四十九天的除靈式，並不是為亡者祈福，也不是拜祭、追悼、慰靈、或是給亡者做法事。這些儀式都是為了感謝亡者帶給我們跟佛陀結緣的機會。做一週年忌日也是同樣的含意。因爲亡者藉這個機會告訴我們，一週年忌日是亡者賜予我們跟佛陀結緣的機會，將來在淨土與亡者重逢之前，他們會毫不懈怠地教導我們。」

節子的兩手原本靜止不動地放在膝上，這時，我看到她手背上的青筋浮起，手指正在使勁，彷彿想要抓住什麼似的——。

「可是，浩一才剛滿二十歲⋯就一個人死在東京的公寓裡。沒有人給他送終⋯⋯，然後，警察判定他需要驗屍，把他毫無損傷的身體拿去解剖⋯，最後在死亡診斷書上寫著病死還是自然死之類的字眼，連他到底是什麼時候死的，怎麼死的，都查不出來⋯⋯，說不定他也痛苦過⋯⋯，說不定嘴裡還喊著媽媽⋯⋯，我只要想到這兒，就⋯⋯。」

三十多位前來弔唁的賓客都默默不語，壁鐘這時敲了七下，彷彿是對賓客的沉默表示讚許。

我覺得自己好像看到了無形的時間正在前進。

這時，住持的聲音溫和地打破了沉默。

「人類就是喜歡思索關於臨終的種種，這是人類最糟糕的毛病。逝者的死法究竟算是好死還是歹死？活著的我們總喜歡探究一番，哪種死法算歹死，哪種死法算好死。全憑自己主觀的看法做結論。我聽說會津地方的居民都會到廟裡膜拜『驟亡觀音』，最先是因爲有個男孩，他不想在離世前拖累父母，所以到廟裡祈求菩薩讓他痛快地離去。可是聽說最近已不是爲人子女的去拜，而是爲人父母的去拜，因爲這些父母不想給家人添麻煩，所以求菩薩讓自己將來走得痛快一點。事實上，幾年之後，這些父母如果眞的因爲心力衰竭而往生，他們的子女肯定會覺得，我的父母好偉大，不給我們帶來一絲麻煩，就回淨土去了。這才是天下最棒的死法，將來我也要跟他們一樣的死法，這才是好死。

然而，做完頭七、二七、七七、百日、一週年忌日之後，這些做子女開始改變想法了，他們會覺得，至少也讓我照顧父母一星期吧，不，就算只有三四天也好，我多想握著父母的手，跟他們說說話啊，然後，這些子女就會開始覺得，或許驟死算不上什麼好死吧。所以說，同樣的死法，究竟算是好死還是歹死，都是由人類主觀地判斷來決定好壞。因此，我們不該評斷一個人的臨終。阿彌陀佛在浩一生前就已允諾，不論浩一遭遇怎樣的臨終，佛陀必定會引導他前往淨土，並讓他成爲菩薩，所以浩一現在已經變成菩薩回到我們身邊來了。」

聽到這兒，節子全身開始不住地顫抖。

「我能跟變成菩薩的浩一，再說一次……再跟他說一次話嗎？」

「妳只需誦念南無阿彌陀佛……。」

節子用力吸了口氣，伸出右手抓住正在發抖的左手，企圖制止這陣震顫。

哇！她突然撲倒在榻榻米上號啕大哭起來。

跪坐在屋柱前方的洋子也跟著痛哭起來。

我雖然沒有痛哭，卻感到臉頰發麻，好像被人用力打了一個耳光似的，嘴唇也因爲扭曲而感到疼痛。

清晨降臨。

這是浩一走後的第五個早上。

浩一還在的時候，我醒來時總是閉著眼，等我弄清「自己身在何方」、「今天是什麼日子」之類的訊息後，才把眼睛睜開。但是浩一走了之後，我卻是被「浩一已經不在了」這項事實驚醒的。

我唯一的兒子死了。每天早上，這項事實把我從夢中驚醒，每天晚上，這項事實干擾我的睡眠，就像我待在家裡，外面有個棒球少年揮球打破了我家的玻璃窗一樣。

家中仍是一片昏暗，耳邊傳來一陣「嘁嘁嘁嘁嘁嘁」的麻雀叫聲，樹鶯正在遠處聲聲高唱「呵——呵唧啾」。那隻胸前長著白羽毛的鳥兒，牠是怎麼鳴唱的——？我企圖尋回已被驅走的睡意，但是鼻中卻聞到一股臭氣。

好像是昨天守靈式招待賓客的菜餚加上酒水，再混進腐臭組成的氣味。

天氣非常暖和，可能剩菜已經開始腐敗了。

我心裡充滿某種情緒，卻又疲累得無法分辨那究竟是什麼。我已精疲力竭，心情卻依然緊繃。整個身體都在對抗自己的情緒。但不論這種情緒是悲哀、痛苦或憤怒，我再也無法承受了——。

胃裡突然一陣疼痛，彷彿被人用力捏住似的，我在棉被裡伸出右手，在胃部周圍輕輕撫摩。

腐臭仍在空中飄浮。

閉上眼，我把全副精神集中在嗅覺上。

腐臭通過鼻腔進入體內，隨著血液流向全身——或許，我雖活在這個世上，身體卻已開始腐爛了吧。

一切都結束了。

雖然一切都已結束，我卻還活著……。

我必須活著，才能悼念浩一。

活著……。

吃完早餐，節子遞給我一個包袱，打開一看，原來是喪服。節子說是從隔鄰的鄰長家借來的。

純黑高級絲綢縫製的和服上印著五個家紋，我先穿上和服，再把裙褲圍在腰上，節子幫我繫上細腰帶，然後把裙褲的腰繩打個單結。

有人送來一具銅製棺材。

我們在棺底鋪上一層薄棉被，再把枕頭放進去。

我用手環抱浩一的背部，再用墊在他身體下面的床單把他包住，然後扶起他的身子。

節子在浩一的脖子上掛一條門徒式章，接著，全家人分別抬著他的腦袋、身體和雙腿，把他放進棺材裡。

母親走到棺木前跪下，把念珠掛在浩一的手上，又幫他把兩手合十放在胸前。

勝緣寺住持拿出一張折成三折的棉紙，上面寫著「南無阿彌陀佛」的六字名號。然後把這張叫做「納棺尊號」的紙放在浩一身上。

「浩一生前還沒從總本山那裡獲得戒名，我既是受他施捨的寺廟住持，就由我代他進行歸敬式，首先誦念表示敬意的三皈依文，幫他皈依佛法僧三法。」

聽了住持這段話，全家一起合掌行禮。

「人身難得今已得，佛法難聞今已聞；此身不向今生度，更向何生度此身。眾生皆應心懷誠意皈依三寶。」

住持唸完這段經文，把剃刀放在浩一的頭髮上，擺出剃髮的姿勢，嘴裡繼續念念有詞道：

自皈依佛，當願眾生，體解大道，發無上心。

自皈依法，當願眾生，深入經藏，智慧如海。

自皈依僧，當願眾生，統理大眾，一切無礙。

無上甚深微妙法，百千萬劫難遭遇；

我今見聞得受持，願解如來真實義。

等到住持唸完，我從他手裡接過寫著戒名的棉紙。

昭和五十六年三月三十一日　往生

戒名　釋順浩

俗名　森浩一　二十一歲

「釋迦牟尼告訴我們，出家者應拋棄俗名四姓，只以沙門釋子自稱。我為浩一選了釋迦的『釋』爲姓，表示他已成爲佛門子弟，『順』字表示他將遵從佛祖教誨，最後的『浩』字，則來自他的俗名浩一。」

葬禮結束後，出殯的時刻到了。

全家人圍在棺材的四周，紛紛把告別的白菊放進去，不一會兒，浩一就被大家埋在花堆裡。

棺蓋封閉後，六位男性親戚一起把棺木抬到玄關。

我負責捧著即將安置在墓前的牌位，木牌上面寫著浩一的戒名。

穿上黑鞋繩的草履後，我向門外走去。

戶外的亮光令人睜不開眼。

我看到右田村的男女賓客都穿著喪服，但因爲頭昏眼花，我根本無法分辨他們是誰，每個人都有一張雪白的臉，我完全無法辨識他們臉上的表情。

櫻花的花瓣正在飄落，或許因爲剛吹過一陣微風吧。

鼻中聞到喇叭水仙的香氣。

轉眼望向腳邊，地上開了好多喇叭水仙。

春天到了，我告訴自己。

眼中唯一能看得非常清晰的，是那輛裝飾著原木雕刻和紅褐色銅屋頂的靈車。

我把牌位交給父親，自己向前一步，向諸位賓客行了一禮。

戶外的亮光更加眩目，我想開口說話，聲音卻被吞了回去，雖然我站在衆人面前，卻覺得腳底發軟，好像被吊在半空中似的。

妻子和女兒在兩邊扶著我。

我代表父親向賓客致詞說道：

「今天感謝大家百忙當中來參加已故森浩一的葬禮。浩一短暫的二十一年生命雖已結束，但他活著的時候非常幸福，因爲他曾經得到各位的支持。現在失去了他，我們的生活會很孤寂，請各位今後仍像他活著的時候一樣，常來我們家坐坐。感謝各位今天來參加他的葬禮。」

棺木被抬出家門後，在場的賓客開始齊聲誦唸送葬的經文。

南無阿彌陀佛

南無阿彌陀佛

有人覺得這句經文的腔調充滿悲戚，從前，相馬當地居民還把這句經文譏爲「加賀泣」。

南無阿彌陀佛

南無阿彌陀佛

我家從加賀移居到這裡之後，直到第三代高祖父，都還說著加賀方言。從前有人去世的時候，是把遺體蜷曲起來裝進方形棺木，然後由衆人像抬神轎似的搖晃著棺木，抬到山北的火葬場去。一路上，送葬隊伍不斷口誦送葬經文，負責進行火葬的鄉親把棺木放在交叉疊起的木條上，下面堆滿薪柴和稻稈，然後點起火來，當天的夜間，大家輪流熬夜看守火堆，直到遺體被燒成骨灰。最後再由親人親手把骨頭一根一根收集起來，這個步驟叫做撿骨——。

南無阿彌陀佛

南無阿彌陀佛

南無阿彌陀佛

南無阿彌陀佛

手捧牌位的我跟著短短的送葬隊伍，一起走到靈車前面。

這個地方的居民如果家裡生了男孩，親友都會向那戶人家道喜說：「恭喜啊，府上有人捧牌位了。」或者還會開玩笑說：「哎唷，這是個捧牌位的！」

但我再也沒有捧牌位的人了。

給我捧牌位的人現在變成牌位了。

南無阿彌陀佛

南無阿彌陀佛

我的手……我的腳……

我的手捧著牌位，我的腳正向靈車走去。

我雖然有手有腳，卻已束手無策。

南無阿彌陀佛

南無阿彌陀佛

悲哀擊垮了我，我的一切已被悲哀帶走……。

南無阿彌陀佛
南無阿彌陀佛

我的手腳已沒有任何感覺。
只能昏昏沉沉地向前走。

南無阿彌陀佛
南無阿彌陀佛

昭和三十五年二月二十三日，因為他跟浩宮德仁親王同一天出生，所以從浩宮的名字裡取了「浩」字給他命名。

現在他死了，「浩」字仍然留了下來。

釋順浩

南無阿彌陀佛
南無阿彌陀佛
浩一馬上就要上靈車了。
靈車將把他載往火葬場。
浩一很快就會變成一堆枯骨。
南無阿彌陀佛
南無阿彌陀佛
南無阿彌陀佛
南無阿彌陀佛
靈車的車門關上了。
汽車喇叭聲在我耳邊迴響。

Part 3

「叮！咚！噹！咚！上野公園管理處敬告各位遊客，在公園內走路抽菸不僅會給周圍造成困擾，也是非常危險的行爲。請不要走路抽菸！大家想抽菸時，一定要到設有菸灰缸的地方去抽。感謝大家的理解與協助。叮！咚！噹！咚！」

公園的擴音器播放這段公告時，人力揹客和流浪漢盤踞的木椅周圍仍然瀰漫著香菸的煙霧。

我們如果到建築工地幹活，每天的收入大約一萬元，去當拆除工的話，日薪爲一萬元至一萬兩千元；如果有當電工或攀登鷹架經驗的，還可以進一步交涉，或許可以拿到日薪一萬三千元至一萬五千元；如果不想幹危險的差事，只要有駕駛執照和手機，就可到日雇工仲介公司去登記。那些仲介公司會安排我們去辦公大樓幫那些公司搬家，或在野外活動會場當架設工或拆除工，每天也能領到六千至一萬元的酬勞。不過，眞的想當日雇工的人，不會一直住在公園的小屋裡，他們或許會搬到廉價旅館，或許會向社會福祉單位求助，設法申請一份救濟金。

其實，大部分滯留在這個公園裡的流浪漢，已經不必再爲他人辛勞。我們早已掙脫養家活口的枷鎖，不必再爲妻兒、父母、弟妹打拚，我們只需打點零工，能供自己吃喝就行，而這類零工通常都比日雇工輕鬆得多。

我們從前也有過親人，有過自己的家。沒有人是一開始就住在紙箱和防水布搭成的小屋裡，也沒有人是因爲期待這種生活而變成流浪漢。我們會變成今天這樣，都是有理由的。有人是因爲借了高利貸，利息越滾越多，最後只好連夜逃跑，從此變成失蹤者；有人是因爲偷錢或傷人而被送進監獄，等到出獄重返社會後，家人卻不願接受他們；也有人被公司開除後，妻子要求離婚，孩子房子都判給了妻子，自己辛苦一輩子，最後卻只能耽溺於酒精或賭博，變成身無一文的窮光蛋；還有一種穿著西裝的流浪漢，年紀大約四、五十歲，一天到晚換工作，天天光顧職業介紹所，卻始終找不到自己理想的工作，結果只能整天沮喪地坐在那裡發呆。

如果地上有個坑，我不小心掉進去，還可以設法爬出來，但若是從斷崖絕壁的頂端摔下去，這輩子就別想再站起來了。只有在斷氣的瞬間，我才能停止墜落，但先決條件是在斷氣之前，我還是活的。所以我只能想辦法賺點零錢餬口。

秋季到了，我在公園的銀杏樹下撿拾果實，把果子洗淨後放在簍子裡晾乾，然後拿去兜售。

我也到車站前的垃圾桶去撿漫畫雜誌、週刊，這些出版物可以拿到舊書店兜售，一本大約可以賣個幾十塊錢。內容嚴肅的雜誌遠不如那種封面印著泳裝或內衣女子的雜誌，後者的收購價遠超過前者。也有些流浪漢會把撿來的雜誌陳列在防水布上，自己開個舊書攤。不過，那些扮演地頭蛇的流氓就會過來強要保護費，我還聽說兩名流浪漢在搶奪雜誌的時候，彼此推來推去，一不小心掉進鐵軌，被電車壓死了。我的生活總是充滿不安，就算我暫時擁有什麼，也覺得非常危險，深怕會被人搶走。

跟撿拾雜誌比起來，每天收集空罐頭拿去換錢，倒是一項輕鬆的差事。我只需拿著回收垃圾的塑膠袋，一面走一面把丟棄在路邊、樹壇或垃圾桶裡的空罐頭撿起來就行。這些空罐頭拿到回收業者那裡，一個可換二元，一百個可換兩百元，如果想賺一千元就去撿五百個，想賺兩千元就撿一千個——。

我開始在這裡生活，是在六十七歲那年，從那時到現在，我已不知仰望這座西鄉隆盛的銅像多少回了。西鄉先生的身體朝著阿美橫丁的方向，眼睛則望著丸井大樓附近，他的右手抓著狗繩，左手握著插在腰旁的刀鞘，看起來右手似乎比較用力。

西鄉銅像的旁邊有一棵原產於南美的雞冠刺桐，周圍掉落滿地的紅色花瓣。這種植物也是鹿兒島的縣木，花朵附著在穗狀花莖上，看起來跟荻花非常相似，但是荻花的白花或紫紅花看起來十分孤寂，一陣風吹雨打之後，花瓣紛紛掉落，而雞冠刺桐完全沒有荻花那種虛無淒清的氛圍，掉落在地面的雞冠刺桐花瓣，看起來就像一塊被鮮血染紅的草蓆。

雞冠刺桐的對面是「彰義隊之墓」。

阿茂向我介紹過銅像的歷史背景：

「那個西鄉隆盛的銅像啊，原本是要放在皇居外苑廣場的，但因爲很多人認爲，西鄉在西南戰爭中攻擊過政府軍，算是反賊，不該把他的銅像放在皇宮附近。所以最後才決定安置在上野公園裡面。他身上的服裝也從陸軍大將的軍服變成現在的和服便裝。

彰義隊之墓位於西鄉銅像後面，附近有一座清水觀音堂，跟銅像之間的步行距離不到五分鐘。不過有趣的是，鍋島藩的政府軍在上野戰爭時用來攻擊叛軍的砲彈，現在卻存放在清水觀音堂裡面。

彰義隊是由一群支持江戶幕府和將軍德川慶喜的志願者組成的，第一次聚會時只有十七人參加，但是三個月之後，他們已召集到兩千人，還在上野山上設立了大本營。

當時江戶庶民的心中都是傾向彰義隊的，吉原花街對薩摩藩跟長州藩的結盟十分不屑，還把薩長軍叫做「鄉巴佬」，並譏笑他們說，有種的話，就該加入彰義隊。

後來江戶城無血開城，德川幕府和平交出政權，德川慶喜主動離開江戶，彰義隊因此失去存在的理由。西鄉隆盛便率領薩摩藩和長州藩的政府軍，從上野廣小路出發去剿滅彰義隊。

兩軍對陣的戰況雙方都有輸有贏，據說最具決定性的關鍵，是鍋島藩設在現在東京大學本鄉校園內的阿姆斯壯大砲。因爲大砲的砲彈當時飛過不忍池，打中了彰義隊藏身的觀音堂。那兩顆砲彈和記錄當時戰況的浮世繪現在都存放在觀音堂院內，不僅如此，還有許多關於當時的故事也流傳了下來。據說砲彈飛來時，彰義隊員都看得很清楚，還爭相高喊：小心啊！快跑！逃呀！

那幅浮世繪的畫面裡，戰爭引起的火焰團團包圍了上野山。但事實上，據說眞實情況跟畫面裡的景象完全不同。當時政府軍認爲，上野山[4]跟德川家的關係極

4 譯注：指山上的寬永寺。

爲密切，應該趁機將整座山都徹底毀滅。於是政府軍從廣小路的油店運來大量植物油，點火燃燒，最後連無辜的寬永寺都付之一炬。

戰爭結束後，戰死的彰義隊員都被棄置在上野山上，任憑風雨摧殘他們的屍體。當時南千住圓通寺有一位和尚佛磨，他看到這種情景心感不忍，便和一位名叫三河屋幸三郎的俠客一起出面處理。他們冒著必死的決心在上野山上挖了一個大坑，把二百六十六位隊員的遺體全部埋在坑裡。

也是在那一年，白虎隊發起著名的會津之戰。同屬東北地方的陸奥、出羽、越後等各藩也締結同盟加入了戰爭，但因爲政府軍在數量上占了絕對優勢，白虎隊寡不敵衆，經過一個月的閉關死守，會津的鶴之城最終還是被敵人攻陷。

之後，不到十年之內，西鄉隆盛在家鄉鹿兒島發起叛變，向政府宣戰，但最後還是不幸戰敗，西鄉隆盛在城山的洞穴裡自殺身亡。

當初率領政府軍剿滅彰義隊和會津藩的人是西鄉，而最後被視爲叛軍而被政府軍消滅的，也是西鄉。誰又能料到，今天在這座上野公園裡，彰義隊之墓竟然就在西鄉銅像的旁邊，這種現象只能用巧合或命運來解釋吧。

說到這兒，阿茂問我，阿和，你的老家在福島縣吧？其實從前在江戶時代，這座公園的土地全部都是寬永寺的財產喔。寬永寺的開山始祖天海和尚是會津高田人。現在的清水觀音堂後面，有一座石塔，裡面供奉著他的頭髮。天海和尚當初在上野公園種下的櫻樹，是染井吉野櫻。這個品種是在幕府末期才被培養出來的。寬永寺為了重現上野在江戶時代的櫻花盛景，到各地的寺廟拜託，希望求得品種優良的櫻花樹枝進行接枝。另外像上野附近的繁華大街，那裡種的是吉野櫻，東京都美術館入口處也有櫻花，對吧？那是福島三春町的瀧櫻分枝過來的。對了，國立科學博物館旁邊還有一座野口英世的銅像，他老家在福島的豬苗代町唷。」

這個位置是公園裡能聽到園外聲音最清晰的地點。我用自行車載著雜誌或裝滿鋁罐的垃圾袋從這裡經過時，總是會停下腳步，閉上雙眼。

汽車行駛的聲音……引擎聲……煞車聲……輪胎滑過柏油路面的聲音……直升機在天空盤旋的聲音……。

閉上雙眼之後，所有聲音的來源已不可測，所有的聲音開始任意翱翔，聽不出各種聲音是從遠而近，還是由近而遠，我只覺得自己彷彿會不留痕跡地被那些聲音吸進天空。

那個聲音……。

電車掀起的陣風擦過耳邊，車子停了下來，有人下車，有人上車，然後，電車再度出發，直到看不見蹤影，但卻可以聽到聲音。噗嗡、嘓喔，咕嘟咕嘟、咕嘟咕嘟咕嘟、咕嘟、咕嘟、咕嘟……好像一把榔頭正在我的腦袋裡拚命敲打……咕咚、咕咚、咕咚、咕、咚、咕……咚、噗嗡、嚕嗚……鼓膜好像要被那些聲音撕碎了，我蜷縮在自己的角落裡……哺咻喊喊、喊伊、喊……喊……喊……恐怖令我窒息，嘴裡又乾又澀……咕嘟……咻、嚕嚕嚕、咕嘟……。

我把手伸進上衣口袋，用那隻顫抖的手掏出幾個零錢，在自動販賣機買了一罐碳酸果汁。一口喝下去，恐怖的感覺消失了，車站裡的日常景象重新出現在我眼前。

乘車位置有人開始排隊了。我又喝了一口果汁，把罐頭扔進垃圾桶，轉身走向黃線。

「前往池袋、新宿的電車馬上就要抵達二號月台。為避免危險，請站在黃線後面等候。」

一步、兩步，我正在向前邁步。戴在頭上的帽子被我拉得很低，應該沒人發現我緊閉著雙眼。我一面用腳底試探地面的導盲磚，一面走到黃線上停下腳步，眼瞼內側一片漆黑，恐怖正在逐漸擴大。我聽到往來交錯的各種腳步聲，高跟鞋、皮鞋、短靴、長靴……，有個人一面對著手機講話一面穿過月台，有個正在等待電車的乘客發出幾聲咳嗽……每種聲音都清晰地傳進耳中，還有那個聲音：噗嗡、喔喔，咕嘟咕嘟、咕嘟咕嘟咕嘟、咕嘟、咕嘟……。

「我看了一眼便當的底部，賞味期限是今天。心裡雖然暗叫一聲『糟了』，又覺得對方可能不會發現吧，所以我就沒說什麼。」

「嗯嗯。」

「結果啊，第二天，公司就收到了電郵……。」

「抱怨便當有點餿了？」

「是啊……。」

彰義隊之墓和西鄉隆盛銅像之間的廣場上，兩名穿喪服的男人站在那兒閒聊。兩人似乎都是上班族。其中一人頭髮花白，臉上戴著口罩，瞇著眼望向陽光照耀處，另一人比較年輕，背在身後的兩手提著皮包，身體顯得有點僵硬。

「不過，對方肯說實話，不是很好嗎？不管怎麼說，願意開口抱怨的，總比閉嘴不說好吧？」

「他說便當沒放冰箱，在室溫裡放了一個晚上，第二天當早飯吃了，聞那個氣味有點危險。哈哈哈。」

「可是便當底部的日期是消費期限，不是賞味期限吧？放在陰涼的地方應該沒問題吧？但如果用微波爐熱過，忘了拿出來，再放置一整夜的話，大概是會變成那樣的。」

彰義隊被明治政府視爲叛軍，所以他們的墓碑並沒刻上「彰義隊」之類的文字，而只在鐵門的欄杆上裝飾一個寫著「義」字的圓形浮雕。

據墓園的導覽文字介紹，當年生還的彰義隊員在同伴的火葬場建起了這座墓園，之後的一百二十多年裡，他們的子孫也一直負責守護這座墳墓，直到東京都市政府把墳墓認定爲歷史紀念碑，同時擔起管理的重任。不過，從墓園的狀況來看，市政府似乎並不重視這裡，供在墓前的人造花早已褪色，根本看不出原本的顏色，花莖也已折斷或扭曲。墳前的香爐台上，有個不知是誰丟棄的金鳥蚊香盒蓋，還有個切成兩半的二公升寶特瓶倒在地上。

「她最近對零余子很熱中，做沙拉的時候要是沒有零余子，她也會大驚小怪，一直吵著說沒放零余子……。」

「零余子？沒想到她會喜歡這種古風的東西。啊，不對，鹽煮零余子可以當下酒菜，還有零余子炊飯，挺好吃的。」

「前兩天，她要帶我去一家鰻魚店。」

「鰻……鰻魚別吃啊。快絕種了，別再吃啦。這玩意現在是瀕危物種，魚苗越來越少，再不設法保住產卵的成年鰻魚，我不是開玩笑，將來一定會絕種。」

「餐廳的那種鰻重便當，不是一人一塊鰻魚放在飯上嗎？她居然把自己的筷子伸過來，也不問問：能給我一點嗎？就被她夾走了半塊。她每次吃鰻重便當，非得吃一塊半才夠。害我剩下好多白飯，每次去鰻魚店，我都只好撒一堆山椒粉下飯。」

「鰻重便當現在一份都要兩千元左右吧？」

「她指定的那家店，要三千元呢。」

「哇！」

「所以我不能跟她去啊。那裡最便宜的，都要三千元呢。後來我都帶她去加士多。」

「加士多？」

「每次去加士多那樣的地方，她都會點一份大碗米飯，還會要求第二碗。」

「她今年幾歲？」

「三十二。」

「這年紀已經過了能吃的時候了。」

穿喪服的兩人緩緩向前邁步，穿過廣場，朝著清水觀音堂走去。

廣場的中央有個看似粉領族的女人，正彎著腰，企圖把緊身牛仔褲的褲腳塞進褐色皮靴裡。女人的及肩長髮遮住了整張臉孔，一個纖細得像仙鶴的身影從她皮靴底部伸向地面。

「每次到她住的地方，總是看到她正在吃漢堡。」

「漢堡？」

「反正她總是在吃東西，像巧克力之類的。」

「巧克力吃太多也不行喔。」

「好像是喔。我有時也吃些甜食，譬如百琪草莓棒，我最多只能吃六根。不過聽說明治的巧克力糖不要緊，稍微吃一些反而對身體有益呢。只要不吃得太多的話。」

「說起巧克力啊，我只吃裡面有杏仁的。」

風兒吹拂，光影在樹蔭下織成的網狀圖案逐漸模糊。一輛裝了輔助輪的兒童自行車從陰暗處飛奔而來，然後在陽光下畫著圓圈往來奔走。騎車的女孩大約四、五歲，掛在車前的置物籃和女孩的頭盔都是粉紅色。

「甜食最好每天都吃一點唷。方糖就很好，價格最便宜。」

「棉花軟糖啦。」

「啊？」

「她喜歡吃棉花軟糖。」

「棉花軟糖咬起來沒勁，我才不吃呢。最近是吃那個，我眞的像個老頭了，最近是吃小魚乾！大家不是常把小魚乾拿來當下酒菜嗎？最近我一天到晚都吃那玩意。」

「小魚乾很棒啊。哪裡像老頭了？可見你牙齒還很好呢。」

一名上了年紀的女流浪漢從淸水觀音堂前走過。她的頭上包著一塊手巾，手巾的兩端在腦後交叉之後覆蓋頭頂。她的背包上有個安全別針，把背包跟冬季大衣緊連在一起。

「要是超市買不到小魚乾，我就到別的地方去買。」

「現在很難找到賣小魚乾的地方呢。」

「不，多跑幾家，就能買到啦。因爲聖經告訴我們，『只要去尋，就能尋到』啊。」

耳邊傳來電鋸轉動的聲音。一名手拿工具的作業員站在淺藍色起重車的工作臺上，他一面聽從地面人員的指揮，一面動手修剪銀杏樹和櫸木組成的林蔭隧道。有些作業員正忙著撿起落在地面的枝梢，然後一束一束捆起來，還有些作業員正在用竹掃帚把木屑歸攏到一處。

「聽說小魚乾的熱量不高，是健康食品呢。」

「可是鹽分卻很高喔。我因爲血壓高，醫生叫我每天攝取加工食品的鹽分總量，不能超過六公克，但如果味道不夠鹹的話，我就吃不下飯。小魚乾拿來當下酒菜，味道最棒了。」

「柳葉魚，柳葉魚也不錯。」

「喔？柳葉魚嗎？……」

穿喪服的兩個男人走過摺鉢山前方的看板後，開始加速朝向ＪＲ上野站公園口邁進。

擂鉢山前方有兩個看板，一個是上野警察局設立的白色看板，上面用耀眼的紅色寫著：「夜間禁止入內」。另一個是由台東區教育委員會設立的不鏽鋼看板，上面記載著關於擂鉢山的歷史由來：

擂鉢山古墳

擂鉢山的形狀像個倒扣的研磨碗[5]，因而得名。這裡出土的古物包括：彌生式土器、泥偶的碎片等，由此推測，大約在一千五百年前，這裡曾有一座前方後圓型的古墳。

擂鉢山上有個圓形廣場，周圍種滿銀杏與欅木之類的大型落葉樹，每年從初春到初秋，這裡總是被蒼翠的綠蔭包圍，幾乎無法看到周圍的景色。

越過枝葉與樹幹的縫隙，隱約可見一座棒球場的綠色柵欄，據說明治時代的作家正岡子規唸大學的時候，經常跟同伴到上野公園的這座球場練球，所以球場後來被命名爲「正岡子規紀念球場」。每當這裡有少棒隊或社會人士賽球或練球時，就可聽到選手互相呼應的叫喊聲，棒球擊中球棒或手套的撞擊聲，坐在觀眾席和捕手後方外野席的家屬發出的加油聲、歡呼聲。然而，這裡今天卻是一片寂靜。

我側耳傾聽。

開口說話總免不了挫折、猶豫、拐彎抹角、陷入絕境……，傾聽卻是直截了當的——，我們可以永遠只聽不說。

唧唧唧唧唧……慵懶的蟲鳴傳入耳中。

或許是今年的第一聲蟬鳴。

螻蛄嗎？……

也許並不是蟬兒，而是蟋蟀或其他什麼昆蟲……。

5 譯注：日文叫做「摺缽」。

呱－呱－呱－烏鴉不知躲在哪棵樹上，廣場中央有一座外型像煤氣燈的路燈，上面站著三隻麻雀，啾啾、喊喊、啾哩哩啾哩哩……。

砍伐樹枝的電鋸聲不斷從西鄉隆盛銅像那邊傳來。

正岡子規紀念球場那邊則發出割草機的聲音。

唰啦唰啦……搖擺不定的風兒吹開葉片的縫隙，眼前出現了流浪漢的小屋組成的帳篷村。四周圍著綠色柵欄，柵欄上方的鐵絲網也覆蓋著防水布。布上印著蔚藍天空，幾隻海鷗和飄浮在空中的幾片積雨雲，遠處有座小山，山上種著兩棵樹，還有一座紅色屋頂的兩層樓房，屋頂上有個煙囪，兩隻小狗像在賽跑似地奔向那座樓房，一隻是白狗，另一隻是花狗，但是畫面裡看不到一個人影。

剛才還有三隻麻雀站在路燈上，現在一隻都看不見了。今天這一天已把我弄得魂飛魄散，現在，我只希望有人跟我交換一下眼神，就算不是人也可以，就算只是一隻麻雀也好——。

街燈的正下方有個褐色麻袋，袋口大開，旁邊堆了一大堆落葉，只差有人用畚箕把葉子裝進袋裡。然而，我卻沒看到掃帚或畚箕，也沒看到一個人，沒有人，沒有人，沒有人……。

喔，有一個人，有個禿頭的男人，仰臥在圓形廣場外的石塊上，那裡共有三塊石頭，不論形狀或大小，都很像石棺。男人躺在其中一塊石頭上，他身上穿著紫色運動衫，下面是米色長褲，身體下面墊著報紙，胸前蓋著一件綠色外套。男人把兩手交叉放在胸口，穿著黑皮鞋的兩腳規規矩矩地併攏平放，看起來就像被繩子捆住似的。他的眼皮、嘴唇、喉結都靜止不動，聽不到吸氣或呼氣的聲音，說不定已經不在這個世界上了吧。如果眞的已經斷氣的話，應該才剛離世沒有多久——。

男人的腳邊有個九十公升大的半透明垃圾袋，裡面裝滿了空鋁罐。這種袋子可以裝三百個鋁罐，也就是說，這一整袋可以換到六百元。有了這六百元，可以去錢湯洗澡，也可以到漫畫喫茶店或網路咖啡店沖個淋浴，還可以到吉野屋吃碗熱騰騰的牛肉蓋飯，或到喫茶店喝杯咖啡。

不過，鋁罐就這樣拿去給廢品回收業者，他們是不肯收的。因爲每個空罐都必須壓扁才行。冬天進行這項作業時，雖然兩手都戴著手套，我還是覺得自己的手快要凍僵了，真的很痛苦。夏天處理這些鋁罐，罐裡剩下的果汁或運動飲料的氣味弄得全身都是，真令人厭惡。

那個男人全身打扮得乾淨俐落，完全不像無家可歸，但他卻是靠撿拾鋁罐維生，而且像個死人似的躺在石塊上，可見他終究還是個流浪漢吧？

阿茂平時也總是打扮得乾淨俐落。

不記得那是什麼時候了，只記得那天非常冷，所以應該是在冬天吧，我花了一整天的時間，撿了許多鋁罐和舊雜誌，用自行車拖回自己的小屋，平時很少喝酒的阿茂過來問我：「阿和，要不要喝一杯？」

我拉開他的小屋角落專供貓兒進出的夾板門。「那我打擾了。」說著，我把鞋子並排放在門內，然後走進房間。這是我第一次到別人的小屋作客。「哎呀，房間很小，請進！」阿茂一反常態地露出害羞的表情，一面說一面用手摸著貓兒艾米爾的腦袋和背脊。說不定他也是第一次邀請客人到自己的小屋吧。艾米爾的屁股翹得高高的，尾巴像根鐵絲似地豎了起來，喉嚨裡不斷發出咕嚕咕嚕的叫聲。

小屋的牆上掛著時鐘和穿衣鏡，還有月曆。月曆上畫了許多紅色和藍色圓圈，還寫滿了文字。可見阿茂是個做事認真的人哪！我想，他變成流浪漢以前，大概是在公家機關或學校之類的地方上班吧。

「天氣冷，我們喝熱燗吧。」說著，阿茂把鍋子放在攜帶式瓦斯爐上，再把存在寶特瓶裡的烹飪用水倒進鍋裡，然後拿出兩個大關牌一口杯清酒，放在鍋中隔水加熱。

書架上排滿了阿茂從外面撿來的舊書，但房間裡的照明只有掛在天花板上的手電筒，書背上的文字完全看不清。就算看得清，我也不懂那些書裡寫些什麼。

「只有這些吃的。」阿茂說著，把花生和魷魚乾放在盤裡端過來。艾米爾一面發出咕嚕咕嚕的聲音，一面用額頭摩擦小矮桌的邊緣。「俗話說『貓吃魷魚乾，趴下不能站』，這句話可不是迷信喔。魷魚和貝類都含有分解維他命B1的酵素，吃太多的話，身體會缺少維他命B1，就會腿腳無力。這種酵素加熱之後會失去效力，但是魷魚乾在胃裡吸收水分後，體積膨脹十倍，很不容易消化。貓兒吃了容易嘔吐，或因爲急性胃擴張引起肚痛，艾米爾，我給你另外準備了更好吃的東西喔。」說完，阿茂從掛在天花板上的購物籃裡拿出一袋乾燥貓食和一個鮪魚罐頭。阿茂把貓食放進碗裡，再用湯匙攪拌幾下，艾米爾立刻發出吧唧吧唧的聲音大吃起來。

「看到貓兒吃得這麼香，自己就飽了。現在這隻貓就是我家最重要的成員。我只要賺到現金，立刻就去買貓食，剩下的錢才買自己的食物。這間小屋啊，兩個人住的話會覺得有點擁擠，只有一人一貓的話，還是非常寬敞的。」

我跟阿茂專心欣賞艾米爾吃飯的這段時間，鍋裡的水煮沸了，阿茂連忙伸手想把一口杯清酒拿出來，但是溫度太高，沒法直接用手去拿。

「大家都說燙到攝氏三十度的日向燗，或攝氏三十五度的人肌燗，味道最好，可現在這溫度實在太高了，根本沒法喝啊……。」說著，阿茂用戴著手套的兩手把大關一口杯清酒抓出來，並幫我拉開了瓶蓋。

「來，喝一杯吧。」

「啊，謝謝，那我就不客氣了。」說著，我拉長毛衣的袖子，把手藏在袖子裡隔著毛衣抓住一口杯，貼在杯上的藍色大關牌標籤背面印著盆栽的照片，我把那張照片打量了一番，然後喝一口酒。

「哇，好燙！」阿茂說。

「天氣冷，燙熱一點，可以暖暖身子。」

我沒告訴他，我根本不能喝酒。

大約喝了半杯，標籤上的「A Cup of Happiness」字跡從杯中的水面浮出時，吃飽後正在舔毛的艾米爾跳上阿茂的膝蓋，蜷著身子躺下來。

阿茂默默地撫摸貓背，彷彿有話要說卻不知從何說起的表情。看他滿臉通紅的模樣，可能也不太會喝酒吧。

「今天是我兒子三十二歲的生日。我四十歲的時候好不容易生出來的，是獨生子……。」

等待阿茂繼續說下去的這段空檔，我覺得時間非常漫長。面前這個男人度過了跟我完全不同的七十二年，在這侷限的空間裡，跟他面對面地坐在這兒，著實令我害怕。我轉眼望著貌似廚房的屋角，牆上掛著平底鍋、湯勺、長筷和鍋子。接著，我又把視線轉向用紙箱挖成的窗戶，然後喝一口已經比人肌燗或日向燗更沒有溫度的清酒。

「分別的時候，他才十歲，現在大概已經結婚了，說不定我都有孫子了吧……」

阿茂說話的語氣不像要向我和盤托出，反而顯得有點退卻。

「我犯了見不得人的大錯，從家裡逃走了。留在家裡的妻兒，曾被別人在背後指指點點吧。我想他們的日子一定過得很辛苦。」阿茂瞇著眼，好像突然老了很多。

往事還沒說完，一口杯裡的酒已經喝完了。我覺得嘴裡不喝些什麼，就很難熬，好像衣服被人脫光了似的，但我並不想向阿茂告白自己的身世，譬如我也是昭和八年出生，今年也是七十二歲，如果自己的兒子還活著，現在應該四十五歲了。

我非常謹慎又努力地避免醉意把自己推向哀傷。

無法拋棄的回憶全都收進記憶的木盒。時間會給木盒貼上封條。已經貼了封條的木盒絕對不能打開。一旦掀開盒蓋，我就會立即掉進過去。

「我想他們兩人一定非常恨我。但被我連累的人，不是只有他們兩個……。」

傳進耳中的話音模糊不清，好像是個發高燒的病人在說話，一點也不像阿茂的聲音。

「我是死也不能回老家的。凡是能夠確認身分的證件，如果放在身邊，到時候肯定會有人通知我家，所以我全都扔了。將來我死了，大概會被葬在哪個義塚裡吧。」說到這兒，阿茂發出呼的一聲，深深吐了口氣，然後挺直背部，換成平時的語調問我：

「聽說明天颱風會來關東附近，阿和你要出門嗎？」

題。

「不，我會一直待在小屋裡。」我也學他挺直背脊，並且改用敬語回答他的問

阿茂那天還問我，要不要一起去圖書館。他告訴我，沿著昭和通往入谷方向前進，到了言問通之後轉向隅田川方向一直走，就能抵達台東區中央圖書館。館內有報紙、雜誌，還有視聽資料區，在那裡可以戴耳機欣賞錄影帶或錄音帶，此外，館內還收藏了大量跟鄉土史或文化財有關的書籍。每天早上九點到晚上八點一直待在圖書館裡，也不會有人找麻煩，阿茂說。他手裡的一口杯已經空了，但他仍然緊握杯子，我從那抓著杯子的長手指上，感受到某種類似渴望的東西，心中不免升起一絲恐懼，因爲我不喜歡閱讀，所以我婉拒了他的提議之後，從小屋走出來。

我覺得阿茂是想找個伴。他想找個願意聽他傾訴的同伴吧。如果我向他提問，他肯定會回答我的疑問。如果我願意以同伴的身分，表示願意傾聽他所犯下的「大錯」——，或者，我們再多喝一兩杯燙過的大關一口杯清酒——，或許我們之間就會有類似友情的東西開始萌芽吧。凡是聽到他人祕密的人，就得說出自己的祕密。

祕密並非專指不能讓別人知道的事。某些事情或許並不需要隱瞞，但如果當事人不願意說出來，就會變成祕密。

我這一生總是在思念那些不在的人，那些不在身邊的人，那些已經不在這個世界的人。如果向身邊的人談論不在身邊的人，即使談論的是自己的家人，我還是會感到愧疚。我不喜歡用訴說的方式來減輕思念的分量，我也不想背叛自己的祕密。

那晚，在阿茂的小屋喝過大關一口杯清酒之後過了一個月，我已不在這個世上。

阿茂為我悲傷過嗎？

在帳篷村前面，那個滿頭白髮像鳥巢的老婦一面吸著喜力Hi-Lite，一面對我說：「阿茂在他小屋裡全身變冷啦。」

阿茂什麼時候死的？葬在哪裡？他小屋裡那些書，一定被誰拿到舊書店賣掉了吧。艾米爾到哪裡去了？有人帶到自己的小屋去照顧了嗎？還是被保健所抓去安樂死了？

我一直以爲，只要離開這個世界，就能跟過世的故人重逢，那些遠在萬里之外的親人就能近在眼前，就能隨時觸摸、感受他們的存在；我一直以爲，只要自己離開人世，就能有所頓悟，當我離去的瞬間，就像霧氣散去那樣，我就能想透自己活著的意義跟死去的意義——。

然而，當我神志淸醒過來，卻發現自己又回到這個公園，既沒有前往別處，也沒有得到任何解答，我仍然懷抱著無數彼此糾結的疑問，而自己卻已失去存在的可能，只能留在生命的外側，繼續不斷地思考、感受——。

摺缽山的圓形廣場上，那個躺在石塊上的男人還沒醒來。這時，不知從哪兒來了一隻貓，男人的腦袋旁邊有一根木樁，貓兒走過去，開始在木樁上磨著爪子，唰啦唰啦的聲音似乎並沒傳進男人的耳中。這是一隻黑白參半的貓兒……艾米爾是一隻虎斑貓……。

走下廣場西邊的階梯後，我看到公共電話的背後有一對穿制服的男女。看起來不像中學生，所以是高中生吧？男生不時用食指撩撥女孩的臉頰，觸摸她的髮絲，女孩始終像貓兒似的靜靜地承受著，但是當男生的手臂繞到她的身後，並把臉孔湊過去的瞬間，女孩立刻掙脫男生的擁抱，並把書包擋在她跟男生之間，開步向前走去。

我打量著那臺公共電話的話筒和按鍵。

還記得上次妻子打給我的電話切斷後，話筒裡傳來「嘟嘟嘟」電話不通的聲音，但我的手仍把話筒緊緊壓在耳朵上。就是在浩一的噩耗傳來的那一天——。

那一天——，時光流逝，時間終止，但那個瞬間，無所不在，就像撒落滿地的圖釘，那個瞬間的悲哀眼神，我無法忘懷，我只能一直痛苦下去——。

時光並未流逝。

時間並未終止。

溼潤的暖風吹來，彷彿正在舔舐我的肌膚，樹木的枝梢微微點頭，幾點雨滴隨之落下。離黃昏還有一段時間，路上的人影卻突然消失了。就連電鋸和割草機的聲音，似乎也變成了靜謐的一部分。最近的陽光一天比一天增強，樹木的身影卻一天比一天縮短，可見梅雨季節就要結束了，蟬兒也快要發出鳴聲。

這時，一名看似大學生的女孩從轉角處走過來。她穿著藍色牛仔褲和白色短袖襯衣。走到上野之森美術館的海報前，女孩放慢腳步，但只瞥了一眼海報，又繼續面帶陰鬱的表情朝向車站走去。

「雷杜德『薔薇圖譜』展」[6]

海報上印著一朵巨大的粉紅薔薇，層層花瓣重疊在一起，很像捲心菜的菜葉，越靠近花心部分的花瓣，粉紅裡混入的鮮紅更多，令人不禁聯想，包在花瓣中心的花蕊，說不定顏色會紅得像磨破的膝蓋。柔軟的花莖略帶微黃，含苞的蓓蕾被花萼輕輕托起，花莖和花萼上的薔薇花刺描繪得十分纖細清晰。

「上野之森美術館」大廳的土產店裡，許多六、七十歲的女人正在選購印著薔薇圖案的手帕、錢包、明信片、信紙、扇子……。

展覽場裡陳列的展品共有一百六十九件，全都是十九世紀初活躍一時的法國宮廷畫家雷杜德繪製的薔薇畫作。

兩個女人正順著指示方向的箭頭緩緩踱步向前，她們的視線敷衍地瀏覽著畫中的薔薇，嘴裡正在談論跟薔薇毫無關聯的話題。

6 譯注：皮埃爾・約瑟夫・雷杜德（Pierre-Joseph Redouté, 1759~1840），為比利時畫家和植物學家，以玫瑰、百合及石竹類花卉等繪畫聞名於世，並被譽為「花之拉斐爾」。

「最近我的人生發生了巨變。」

「武雄不允許別人插手嘛。」

「武雄全都要自己親手處理。因爲我也沒照顧過他，所以無權過問，再說送進醫院也得花錢。」

「其實武雄做得也沒錯。只是，人生在世，並不是任何事做得對就夠了。」

「我曾想問問武雄的想法，但他不肯理我……。」

「說起來，婆家根本就是他人。」

「所以啊，武雄不肯讓別人插手。我也問過他，我算是別人嗎？」

「別人，妳當然是別人啦。妳跟他又沒有血緣關係，不是嗎？」

Rosa gallica purpuro-violacea magna，主教薔薇……靠近畫面前方的花朵已過了盛開期，深紫的花瓣略帶黑色，最外層的花瓣微微捲起，背後那朵紫紅的花兒才剛開始綻放……。

「妳不再去長野了？」

「八岳嗎？八岳我是不會再去了。不能去了嘛。因爲以前每年都是跟武雄一起去的。」

Rosa pumila，愛之薔薇……五朵粉色花兒，花瓣略帶紫色，黃色的雌蕊和雄蕊從中央的花心伸出，像火炬一樣燦爛……。

「他每次給我打電話，都是爲了向我強調自己沒得失智症。」

「如果得了失智症，就不會給妳打電話吧。」

「可是啊，他的模樣大不如前了。但他還是會使喚我說：『美子，倒杯茶來！』好像我是他的部下似的。」

「人生真的具有各種可能呢。」

「失智太可怕了。周圍的人也一樣受累。」

Rosa gallica versicolor“rosa mundi”，條紋花瓣的普羅旺斯薔薇……紅白條紋的花瓣看起來很像鬱金香，花心部分尚未全開的花瓣被雌蕊的花粉染上一層淡黃……。

Rosa gallica regalis，國王的阿拉伯長袍……淺粉色花瓣的數量極多，層層堆疊成不規則的波浪狀，花朵呈豐滿的球形，包裹著中央的花心……。

「我收到武雄寄來的鋁箔包咖哩和燉菜禮盒唷。妳說他送這禮物是什麼意思？」

「現在送中元節的禮物，有點早吧。再說，你們在戶籍上還是夫妻，給妳送節禮很奇怪啊。」

「盒子上還附了卡片說是謝禮。」

「謝禮？什麼的謝禮？難道武雄是想趁這機會做個了斷？妳跟他分居快要滿半年了吧？」

「是S＆B的禮盒，味道有點像在餐廳吃的那種咖哩和燉菜。」

「就是那個『年菜很好吃，咖哩也不錯』的電視廣告裡介紹的吧。」

「那個是『好侍』咖咖樂咖哩的廣告啦。不過，反正南海板塊型或首都直下型地震隨時都可能發生，剛好留著當防災食品。」

「那玩意跟飯糰很配唷。」

「咖哩配飯糰？」

「哎，很好吃喔。」

Rosa alba regalis，臉紅的少女……白色花瓣上混入一絲粉紅，越靠近花心的部分，粉色越濃，彷彿花心要把粉紅吸進去似的……。

Rosa alba flore pleno，約克王朝薔薇……純白的薔薇花瓣散放出珍珠般的光澤。根據展覽會場的看板標示，當年英國的薔薇戰爭中，約克王朝的標誌就是這種白薔薇。但那兩個只顧著聊天的女人並沒注意這幅畫，兩人眼中都滿是陰鬱與渾沌，直接從作品前方走過。

「不過，妳最近還是跟武雄好好談談吧。」

「可是妳知道，我們家是二代同居，兒子媳婦都跟我住在一起，還有幾個孫子。」

「當然還是避開孫子比較好啦。可以趁家裡沒人的時候，偷偷把他叫來，或是約在外面，譬如像喫茶店之類的地方見面啊。」

「也不是非得去喫茶店討論的事情，對吧……」
「去公園怎麼樣？在上野公園一面散步一面商量，也不會引人注意。」
「哎唷，到公園商量，又不是學生，好丟臉喔。」
「那妳說怎麼辦？」
「嗯，還是在家裡說吧……」

Rosa gallica flore marmoreo，大理石花紋的普羅萬薔薇……雙層花瓣的顏色介於橘色與粉色之間，並夾雜著許多細碎的白色斑點……。

Rosa inermis，無刺的漩渦薔薇……曖昧難辨的花瓣顏色既像杏色又像粉色。盛開時，花瓣粗獷地向四方伸展，看起來有點像畢業典禮時裝飾在教室黑板上的紙花。製作這種紙花的方法是，先把五六張花紙重疊在一塊兒，折出凹凸如紙扇的紋路，用橡皮筋束緊中央，再把花紙一張一張撐開……。

我的家鄉八澤村可沒有農家種植薔薇。

我第一次親手摸到的薔薇花，是「新世界」的白薔薇。

從家鄉到東京之後，我整天忙著打工，不但顧不上自己的外表，對於吃喝嫖賭也不感興趣。就連出門購物，因爲害怕東京的女人笑我講話有腔調，所以也不敢隨便跟女店員搭訕。

第一次走進「新世界」酒館，是在浩一去世三週年之後。大概是我五十歲的時候吧。

那時因爲弘前公園附近要蓋一座運動場，我在那個工地做工。每天下班後，我就順著附近的繁華街隨意閒逛。那條街上大約有三百家小酒館，家家都派人出來拉客。也就是在那時，我的視線被「新世界」的粉紅色霓虹燈吸引過去。

於是我獨自走進店裡，讓店員給我帶路。如果再早十年，我肯定不信自己會有這種能耐。那時我雖然穿著沾滿泥汙的工作服，店員卻沒有露出厭惡的表情。

坐在沙發上等待女招待的時候，我一直打量著菸灰缸旁的小花瓶，瓶裡插著一朵白薔薇。這是人造花吧？我暗自疑惑，忍不住伸手抽出花莖確認一下。就在這時，一名女招待在我身邊坐下，並向我打招呼說：「讓您久等了，我叫純子。」我連忙把薔薇插回瓶裡。「您喜歡薔薇啊？」女招待問我。聽她說話的腔調跟老家的鄉音很接近，我也故意強調著鄉音說：「哎呀，還以爲是假花呢。好濃的花香。」純子笑了，動手給我調了一杯加水威士忌，她那滿頭漆黑又豐厚的長髮隨著笑聲晃來晃去。

純子的老家在浪江，我們很輕鬆地聊起有關家鄉的各種話題，譬如像請戶港啦、相馬野馬追啦，她的兄弟都參與建設的核能發電廠啦、海濱公路啦……。不久，原本就很昏暗的大廳突然陷入一片漆黑，彷彿身在隧道之中，一個大型鏡面球開始旋轉，無數細碎的燈光反射在純子雪白的臉上和隆起的胸前。自從我開始從事重勞力工作之後，每天睡覺都像被人打昏了似的，根本不記得自己做過什麼夢。然而，「新世界」的純子卻變成了我的夢中女郎。

「我們來跳貼面舞吧。」
「我沒跳過舞啊。」
「沒關係。」
純子拉著我的手向大廳的中央走去。
紫紅地毯吸掉了腳步聲，我覺得自己不像在走路。
音樂正在播放，我卻覺得四周寂靜得像在夜裡。
我仔細傾聽，聽到了自己的心跳聲，還有她的耳語聲：「你用手抱住我，把手臂繞到我背後。」
我跳了有生以來第一支貼面舞
她的眼睛模糊溼潤。
她的雙手攀著我腰。
她的髮絲撩我發癢。

她的耳飾來回搖曳。
她的胸部柔軟無比。
她身上的香水跟桌上的白薔薇一樣，散放著海風與檸檬混合的清爽氣味。
我的全身搖來晃去。
好像正在小船裡隨波蕩漾。
但隨著不斷晃動，我感到自己已被解放，同時，又有一種被什麼包住的感覺。
後來每次在弘前過夜，我一定會去光顧「新世界」。
每次都指名純子爲我服務。她曾要求我「帶進場」，我也曾在店裡等她下班，然後叫計程車把她送到公寓門前，但我跟純子之間只是女招待跟熟客的關係，我們從來沒做過越軌的事情。
六十歲那年，我決定結束打工生涯，重返老家八澤村。

我想到以後再也見不到純子了，便在返鄉的前一天，抱著一束白薔薇來到「新世界」。

我抬頭挺胸站在她面前，把花束交給她說：「再會了。」「謝謝。」純子接過白薔薇，把臉孔埋在花瓣中，彷彿要讓自己陷進濃郁的香氣裡。悲哀從我喉頭湧起，但我沒有哭泣。我從花束上拉起她那蒼白的右臂，跟她握握手，她的手臂卻沒有動。

那天以後，我再也沒有見過純子，沒跟她打過電話，也沒給她寫過信。我甚至不知道「新世界」是否還在弘前營業，也不知道純子後來怎麼樣，或許她還活著……。

「如果有妳喜歡的樹，就拿去種吧。」

「樹啊，我沒那個時間啦。樹木需要打理的，不是嗎？對了，智子的爸爸突然去世，她受到很大的打擊呢。據說現在臥床不起……」

「但也不至於完全不出門吧。」

「今年的同學會，說不定不來喔。」

「會來啦。智子一定會來的。她總是拿全勤獎嘛。」

展覽會場裡，另外兩名老婦正在欣賞一幅「百葉薔薇」，她們看來也是六十多歲，不時地閒聊幾句，畫中的薔薇則是因爲「擁有一百片花瓣」而得名。

百葉薔薇也叫「畫家的薔薇」，因爲法國皇后瑪麗．安東妮在畫像裡拿著一朵百葉薔薇，而且《雷杜德薔薇圖譜》的第一幅畫，就是百葉薔薇。這種大型花朵因爲花瓣過多，雌蕊和雄蕊都已退化，因此無法結果，只能靠插枝或接枝繁殖——。

§

「不是有一種叫做矮腳櫃的東西嗎？可以放在那上面啊。」

「放在和室裡？」

「不是和室，佛壇要放在佛室啦。」

「我家才沒有什麼佛室呢。我父親過世時，母親買了一座好大的佛壇，買了之後才告訴我，眞受不了。」

「地震時搖起來很嚇人吧？」

「所以只能放在電視旁邊……」

「矮腳櫃放在電視機旁邊，高度不是正好嗎？而且高度也可以調整吧？」

「家裡說不定已經有那種櫃子。」

「還是買個好一點的矮腳櫃吧。」

「那妳陪我去看看怎麼樣？」

「明天嗎？」

「不用那麼急。」

Rosa centifolia mutabilis，無雙薔薇……鼓脹成球狀的花朵潔白如雪，跟白人女子的膚色一樣白，花朵外側的花瓣卻染上微紅，好像搽了胭脂似的……。

Rosa indica cruenta，血紅孟加拉薔薇……花瓣的紅色近似巧克力的顏色，花朵枯萎掉落時，有些花瓣呈下垂狀，有點像狗舌頭……，葉片周圍有明顯的鋸齒，翻開葉片表面，背面呈灰色……。

Rosa indica，孟加拉美少女……紅色花蕾開始綻放時，各種深淺不一的粉色花瓣爆發式向四周伸展……，葉片跟魔鬼魚的胸鰭一樣呈波浪狀，花刺較大，尖端向下，顏色很像手指上磨出的血泡……。

我一回到老家，父親就去世了，母親也很快就撒手人寰，彷彿他們早就等著我這捧牌位的長子回去似的。兩位老人家都活到九十多歲，算得上是壽終正寢了。我家的墓地在一座可以遙望右田濱的山丘上。二十一歲早逝的浩一就葬在那兒，父母的骨灰罈也安放在浩一的旁邊。

結婚三十七年以來，我一直都在外面討生活，跟妻子節子一起生活的日子加起來，恐怕連一年都不到。節子爲我生了兩個孩子，把幾個年紀跟我相差甚遠的弟弟都送進大學，又給女兒洋子辦完喜事，她不但替我照顧年邁的雙親，還利用閒暇到田裡耕作，辛辛苦苦攢下一些積蓄。節子告訴我，以後我們每個月可以領到國民年金七萬元，這筆錢足夠我們在有生之年安心度日了，聽了妻子的報告，我跟她商量找工人來家裡，把破損的屋頂、牆壁還有水管都重新整修一番。

嫁到仙台的洋子給我生了三個外孫，每年寒暑假都把孩子帶回娘家住上一段日子。最上面的女孩已經十四歲，下面兩個弟弟分別是十一歲和九歲，附近鄰居都稱讚說：先開花後結果，眞不錯啊。

最小的外孫大輔的模樣，簡直就跟浩一小時候一模一樣。但我跟妻子都不敢把這個想法說出口。

早上開始一直下著雨。

碰到這種天氣，我就忍不住想起十九年前的那一天。浩一的遺體被警方帶去解剖，我跟節子就在浩一住了三年的公寓裡待了一晚，我們就睡在浩一去世時睡過的棉被裡。

今天是跟我家相隔兩家的鄰居千代老太太去世第四十九天，她家要爲老太太做法事，按照慣例，附近鄰里的女人都要到她家去烹煮齋飯。節子一早就梳妝完畢，出門去幫忙了。

黃昏時分，我也換上喪服前去致哀。參加儀式的衆人在勝緣寺住持的帶領下，一起向佛壇上的佛陀合掌膜拜，齊聲誦唱阿彌陀經和日本佛教讚歌。

喪家的代表勝信從中學畢業後，就跟鄉親一起到東京就職。他在三菱電機的大船工廠找到工作，一直幹到退休。後來爲了陪伴獨居的母親，便把妻兒留在東京，自己一個人回到老家來。

「時間過得眞快，家母過世已經四十九天了。母親生前喜歡聊天，總是把我照顧得無微不至，現在母親不在了，每天吃晚飯的時候，我就覺得特別寂寞。但我想到，母親是在大家的關照下，平安度過了八十八年的人生，我相信她已前往極樂淨土，從現在起，我會設法慢慢調整自己的心情。

我還有家人住在神奈川縣，等這裡的房子整理好之後，我就會回到神奈川那邊去，但以後需要做法事的時候，我還是會回來的，希望大家像從前一樣，繼續接受我這個朋友。今天準備了一點粗茶淡飯，請大家慢慢享用，若是時間許可，請不要急著離去。最後，再度感謝各位今天撥冗出席。」

素食宴席開始上菜了，紅燒素菜、金平牛蒡、醃菜、洋芋沙拉、炊飯做成的飯糰……一樣一樣端到面前來，我一面吃著桌上的素食，一面跟勝信不斷乾杯，才一眨眼工夫，我就醉得站不穩腳步，連自己怎麼回家的，我都不記得了。只記得我沒吃晚飯，直接倒在節子爲我鋪好的棉被上。

我在雨滴聲中睜開了眼睛。

節子平時總是起得很早，我通常是在七點左右醒來，睜開眼的時候，節子已經洗完衣服，打掃完庭院，廚房也飄來陣陣烹煮味噌湯和米飯的香味。

但是今晨的家裡卻聞不到任何氣味……。

啪噠啪噠……積水從雨水槽滴落地面聲音傳進耳中。

雨下得很大……。

睜開眼之後，我看到了天花板。

光線從窗簾的縫隙射來，把房裡染上雨的色彩。

我轉過臉，看到節子睡在身邊的棉被裡。

我便伸出手臂，想把她搖醒，然而，我卻碰到一片冰涼——。手裡觸摸到的，是節子從棉被裡伸出的手臂。

我大吃一驚，立即翻身坐起來，隔著棉被搖晃她的身子。節子全身已經僵硬了。

或許因爲死前曾經痛苦過一番，她緊皺眉頭，眼皮閉得很緊。

「怎麼會？」我忍不住發出聲音。

心跳越來越快，腦中一片空白，這不是做夢吧？我轉眼打量家中。所有的東西都在現實生活中的位置上。是現實。壁鐘突然發出一陣耳熟的鐘聲，響遍整個家中，但我實在過於震驚，根本無法數清鐘聲的次數。我定睛注視鐘面的數字，看到短針指著七，長針指著十二。

「七點了。」我向節子呻吟道。

守靈式、葬禮、告別式、出殯、火葬、撿骨、安放骨灰、死亡通知、向勝緣寺和鄰里報告、退還健保卡、停領年金手續、整理遺物、七七法會、納骨——，所有跟節子的死有關的事情和手續，樣樣令我難以接受，但我都一樣一樣地幫她辦妥了。

掀開墓碑下納骨穴的石蓋，我把父親和母親的骨灰罈稍微移向後方，然後把節子和浩一的骨灰罈並排放在前方，就在這一瞬，突然聽到頭頂的松枝上傳來一陣蟲鳴：唧——唧——。

是蟪蛄在梅雨季結束後羽化時發出的第一聲蟬鳴。

我突然想起，節子去世前幾天，她一面疊衣服一面對我說：「孩子的爸，我好像會在蟬鳴的時候死掉喔。」想到這兒，我不禁跪倒在地，兩手撐在地上哭了起來。說不定節子曾經向我大喊：我好痛苦，救命啊！——如果那時我立刻呼叫救護車，說不定她就能獲救——可是我醉得昏死過去，就連躺在身邊的妻子斷了氣，我都沒有發現。節子等於是被我殺死的。

勝緣寺住持帶領衆人誦經完畢，身爲喪主的我領先向亡者獻香，接著，其他人也依序上香，等到大家獻香完畢，納骨式就結束了。這時，節子的哥哥定夫忍淚勸慰我說：「不管你心裡多麼悔恨，人死不能復生。好在你們夫妻這些年都住在一起，一直像在新婚旅行似的，前後也有七年之久了，所以節子還是很幸福的。你就這樣想吧。」

節子有時雖會嚷著腰疼腿痛，但她天生勤奮，而且她最引以自豪的，就是自己的身體非常健康，誰又能料到，她竟然只活了六十五年就走了——爲什麼我總是遇到這種事？——悲憤像錨一樣沉到心底，我已經哭不出來了。

女兒洋子對我的獨居生活非常擔心，經常派她女兒麻里來看我，麻里才開始上班不久，在原町的一家動物醫院當護士。過了一段日子之後，麻里對我說：「我眞不放心外公一個人生活。」所以，她決定退掉租賃的公寓，搬來陪我同住。

麻里有一隻公狗叫做浩太郎，搬來我家時，她把這隻狗也一起帶了來。浩太郎是一隻褐色小型狗，身體和臉孔都很長，平時很喜歡亂叫。據說當初被人拋棄時，牠被人用鐵鍊拴在動物醫院的欄杆上。麻里親手寫了幾張徵求狗主的廣告，貼在動物醫院的揭示板上，卻一直沒人出面認養，所以她只好自己接下餵養的任務。

麻里是個討人喜歡的女孩。每天早上，她會幫我烤片土司，煎個荷包蛋或炒個火腿蛋。狗兒坐在她的腳邊等待食物時，麻里歪著腦袋跟狗兒說笑的模樣眞的好可愛。早上七點，麻里把狗放在副駕駛座，開車沿著六號國道駛向原町。她經常弄到深夜才回來，所以每天的午飯和晚飯，我都得自己動手烹煮。以前在外地打工時，我曾經住過宿舍，洗衣做飯對我來說，一點都不困難。然而，妻子去世後的第一個中元節過後，我開始夜間無法入睡。浩一和節子都是在睡夢中離開人世的——，每天晚上，我只要在棉被裡躺下，就覺得兩腋發冷，口水黏稠，舌頭泛酸，全身神經綳得緊緊的，一點睡意都沒有。我還注意到，自己的兩手陣陣發麻，所以我只好閉上雙眼，設法調整呼吸，然而，閉眼這個動作也令我感到恐懼。不是因爲我害怕幽靈之類的東西出現，也不是因爲我怕死，像自己的死亡這種事，我一點都不怕。我害怕的是，明明不知人生何時結束，卻仍然過著這種人生。我覺得自己根本無力承受壓在全身的這分沉重。

那天早上下著雨。

「天氣又溼又悶喔。」麻里說著拉開了半邊的紗窗，微風隨著雨聲夾帶大量溼氣飄進屋。我一面聞著雨水的氣味，一面吃著麻里幫我做的炒蛋和土司麵包，吃完早餐，我站在玄關目送麻里和狗兒離去。麻里才剛滿二十一歲，我想，不能讓她被我這個外公綁在家裡。

「突然這樣不告而別，眞抱歉。外公去東京了。不會再回到這個家來，不用找我。感謝妳經常幫我做那麼好吃的早飯。」我給麻里留了一張字條，又從壁櫥裡找出當初去東京打工時用過的黑色波士頓皮包，把自己的隨身用品塞了進去。

我在鹿島站搭上常磐線，然後在終點的上野站下車。走出公園口驗票口的瞬間，我才發現，原來上野也在下雨。這時，交通號誌的綠燈開始閃爍，我顧不得撐傘，連忙越過人行道走向對面。到了馬路對面，我抬頭仰望夜空，看到大顆的雨點不斷從天空落下，被雨水沾溼的眼皮正在微微顫抖。這天晚上，我決定在「東京文化會館」的屋簷下暫住一晚。波士頓皮包被我拿來當作枕頭墊在腦下，耳中聽著雨滴打在地面發出規律的聲音，疲倦與睡意開始襲來，我在不知不覺中睡著了。

這是我第一次露宿野外。

Rosa multiflora carnea，肉色簇生薔薇……小小的圓球狀花朵，看起來很像孩童在音樂會裡敲打的銅鈴。開花時，聚集在花莖頂端的粉色花朵一齊綻放，花朵的重量壓得花莖微微下垂……。

Rosa pimpinellifolia flore variegato，雜色薔薇，一百銀埃居幣的地榆……纖細的花莖昂首向上伸展，彷彿充滿了自傲，花莖上長滿密密麻麻的黑色花刺，看起來就像一隻毛蟲。雄蕊和雌蕊從花心的中央伸出，好像花朵戴著一頂皇冠。白色的單層花瓣，半邊呈紅銅色，像被鮮血染過似的……。

Rosa dumetorum，灌木叢薔薇……花朵由五片淺杏色的心形花瓣組成，看起來就像一隻羽化後即將展翅高飛的蝴蝶……。

掛在展覽會場的這些畫作，畫中的背景全是一片空白，沒有任何物體。觀眾完全看不出畫中的薔薇究竟種在庭院裡？還是花盆裡？作畫的時候究竟是晴天？陰天？還是雨天？作畫的時間究竟在上午？中午？還是晚上？季節究竟是春天？夏天？還是秋天？甚至連薔薇開花的時間與場所都看不出來。完成這些薔薇畫作的畫家叫做雷杜德，一百七十年前就已離開人世。畫中那些薔薇樹，大概也早就不在這個世界上了。但是在從前的某個時間，曾有一種薔薇在某地盛開過；從前的某個時間，曾有一位畫家曾在某地活過。眼前這些跟昔日的現實相隔甚遠的畫紙上，薔薇正在盛開，就像這個世上從來不曾出現過的夢幻之花。

「那家賣燉牛肉的餐廳，上次我去吃飯，沒想到他們竟沒開門呢。」

「星期二是定休日啦。」

「下次我們去吃他家的輕食早餐吧？」

「今天要不要一起吃飯？」

「今天很抱歉。我家那位不喜歡我在外面吃飯啦。」

「喔，我家那位倒是不在乎自己一個人吃飯呢。只要我打電話告訴他一聲就行。」

「我家那個可不行。就連我從前上班的時候，都得每天給他做便當。」

「啊呀，那妳眞辛苦。那妳還是趕快回去買菜吧。」

「冰箱裡倒是有菜，沒關係的。不過，我們還是打道回府吧。」

「那就走吧。」

兩個女人說著邁步朝向出口走去，她們的年紀看來都跟節子去世時一樣。

Part 4

雲彩的模樣又變得有些詭異。或許，只是因爲陽光逐漸蒙上了陰影？——殘留在路上的日影已顯孱弱，兩個女人在轉角消失蹤影之後，四周的景色繼續漫無目的地呈現在眼前，好像沒有起點也沒有終點。

今天還是今天，不會再有明天降臨。潛藏在今天之內的，是比今天更長的過去……我似乎正在傾聽過去的聲息，又好像摀著自己的耳朵……。

突然，有人發出一聲嘆息。

是我聽過的嘆息聲。

那是一個五十多歲的男人，說起自己的故事時，他忍不住抽泣起來。這種現象對一名流浪漢來說，這是很罕見的。男人告訴我：

「大學畢業後，我在一間不動產公司找到工作。那時，我能接二連三地拿到顧客的訂單，輕輕鬆鬆就賣掉價值近一億日幣的休閒公寓。除了公司發給我的本薪之外，我還可以分紅，所以有時我的月薪甚至超過八十萬日幣。然而，情勢突然急轉直下，泡沫經濟破滅後不到三年，公司就倒閉了，按照公司的規定，我只能領到百分之二十的退休金，結果連自己的房屋貸款也無力償還。早知如此，還不如趁著公司鼓勵提早退休的時候，能領多少就領多少，趕緊轉換職場就好了。我對公司的忠誠和對景氣過於樂觀，是我的致命傷，那時大家都嚷著不景氣不景氣，我心裡卻覺得不會持續太久。眞的是砰然傾倒啊。如果那時有老婆在背後支持我，說不定我還能重新站起來，但沒想到老婆卻給我寄來一紙離婚協議書，這件事對我簡直是晴天霹靂，就像寵物狗在我手上咬了一口似的。或許我們夫妻的關係，在泡沫經濟之前就已經開始崩潰了吧，所以我也不知如何說服老婆，最後只能默默地蓋了章。從前景氣大好的時候，我爲了接待顧客，整天出入銀座、六本木，週末假日也忙著陪顧客去打高爾夫球，所以這一切，都是我不重視夫妻相處的報應吧。我老婆從前當過空中小姐，是個美女唷。當然她的眼睛也是長在頭頂上的。我們的結婚典禮上，大家都稱讚新郎新娘是郎才女貌呢。喜酒在大倉飯店的蘭花廳辦的，邀請了一百八十位賓客參加。那是我人生的最高潮啊……。」

說到這兒，男人似已筋疲力竭，兩眼直愣愣地盯著前方。眞沒想到我會變成流浪漢……路過的行人都像看到髒東西似地看我……我已經掉到人生的底層了嗎？……再這樣下去，我就要變成路倒死屍了吧？……男人經常這樣一面連連嘆息，一面像已絕望似地啜泣。

男人在上野周圍滯留了半年左右，後來他說要搬到新宿的戶山去，便收拾自己的小屋離開了。沒過多久，就聽說他遭到中學生攻擊。

最近在東京、橫濱、大阪等地連續發生好幾件少年攻擊流浪漢的犯罪事件，流浪漢的世界裡逐漸瀰漫著明天就會自身難保的不安。或許是因爲這層顧忌，所以每次聽到這種謠言時，我就覺得心底的恐懼正在不斷膨脹。

受到攻擊的流浪漢被少年揮舞木棒或金屬球棒毆打，小屋也被人點火燒毀……。

少年的攻擊順序是先把鞭炮丟進小屋，流浪漢受到驚嚇，跑出小屋的瞬間，他們再用凶器攻擊流浪漢……。

有時，那些少年也會拿滅火器朝著小屋裡面亂噴一通，等他們看到全身泡沫的流浪漢奔出小屋時，再拿起氣槍、看板、鐵橇之類的道具繼續襲擊……。

流浪漢受到拳打腳踢的暴行後，全身無力地倒在地上，那些少年甚至還用花火直接燒炙流浪漢的臉孔，把他們弄失明，或用小刀在流浪漢的全身亂刺……。

編號　國②　上野恩賜公園管理處

更新期限　平成二十四年八月最後一天

公園管理處送來一張通知，規定我們這些住在帳篷村的流浪漢，必須用藍色防水布把自己的行李包好，而且要像郵寄小包時那樣，用繩索捆緊，再像掛車牌那樣，在每件行李上掛一張行李調查卡，卡上按照流浪漢在公園裡的「地盤」編號，譬如：國④、國①、西㉖、燈⑰、す⑤、す⑪……等。「國」表示「國立科學博物館」，「西」表示「西鄉隆盛」，「燈」表示上野東照宮的「鬼怪燈籠」，「す」表示

「摺鉢山」——，我跟阿茂的小屋編號是「す」，因爲我們住在摺鉢山下的樹叢裡。

●本卡要掛在行李外側容易看見的地方。
●本號碼卡不可借貸或讓渡給他人。
●不可代管他人的行李。
●行李內容以生活必需品為主，不可包裝過大。
●下次更新調查卡的時間，將於平成二十四年八月另行通知。

通知上還用平假名標出漢字的讀音，但這樣反而令人更難看懂。或許公園管理處認爲，流浪漢的閱讀能力比一個小學畢業生還不如吧。

呱呱呱……帳篷村的樹林裡，許多烏鴉正在彼此應和。或許牠們打算搶食哪間小屋裡面的食物？或許因爲烏巢就在附近？但牠們不時還發出「嘎嘎嘎」的尖叫聲，同時不斷發出拍動翅膀的聲音，或許是烏鴉之間發生了什麼糾紛？

村裡有一間小巧玲瓏的小屋，一塊藍色防水布鬆鬆地覆蓋在屋頂上，垂下的皺褶裡，堆著累積數日的黃色雨水和一些落葉。我們搭建這種小屋時絕對不能忽略一項鐵則：屋頂必須稍具坡度。因爲屋頂過於平坦的話，雨水一直堆積在屋頂上，藍色防水布很容易腐蝕，溼氣也會侵蝕構成小屋主體的紙箱，小屋就很容易漏雨。

那間小屋旁邊停著一輛自行車，前方的置物籃、車龍頭，還有後面的置物架上掛滿了各種日用品，譬如像衣架、雨傘、水管、水桶……等。屋頂上用來綁住藍色防水布的繩索上夾著一雙黃色的兒童海灘涼鞋，鞋墊上的腳印清晰得像用圖章蓋上去似的，一把竹掃帚從小屋裡面伸向屋外，上面晾著一件女人內衣。

小屋門口掛著暖帘，是一塊用圖釘固定在門上的藍色防水布。這時，一名滿頭白髮的身影掀開暖帘，從小屋走出來。她就是那個告訴我「阿茂在他小屋裡變得冰冰涼」的女人。

老婦像嬰兒學語似地蠕動著嘴唇，發出一陣叭叭叭叭的聲音，然後開步向前走去。她的右腳穿著皮鞋，左腳卻穿了一隻白色愛迪達運動鞋，不過鞋帶倒是繫得很整齊。

一個頭戴白色廚師帽的男人踏著碎步，小跑穿過花園稻荷神社的紅色鳥居。這附近共有三家餐廳：韻松亭、上野精養軒、伊豆榮梅川亭，男人應該是其中一家的廚師吧。

老婦不理廚師和神社，逕自搖晃著身軀走下通往不忍池的平緩坡路。她在灰色羽絨外套上面又套了一件粉紅色背心，上半身看起來極爲臃腫，但她下半身卻只穿了一條淺紫色長褲，剛才的長裙可能已在小屋裡脫掉了吧。長褲的左半邊從大腿根向下，早已破成千絲萬縷，而套在長褲下面的泡泡襪也因此一覽無遺。

走到半山腰，老婦在一台KIRIN自動販賣機前停下腳步，從口袋裡掏出兩個五十元和三個十元硬幣，先把零錢放在掌心裡數了一遍，然後緊緊捏著，一面低聲嚷著「喔喔喔」，一面抬頭仰望機器。接著便用手指在「冷」字下面的按鍵上按了一下，嘴裡又發出一陣「嗯嗯嗯」的呻吟，同時彎腰從取貨口拿出一瓶寶特瓶裝的氨基酸營養飲料。

老婦臉上的表情看不出她在想什麼，只見她似乎覺得非常沉重似的，用右手提著那個寶特瓶回到坡路上。

到了山坡下，老婦繼續朝向動物園大道走去。

一個身材高瘦的流浪漢拉著推車朝向廣小路走去。車上載著六個九十公升裝半透明塑膠袋，裡面塞滿了鋁罐，一袋可以換到六百元，所以他總共可以賺到三千六百元吧。

男人的頭髮大部分已經變白，他用橡皮圈把長髮束在腦後，身上穿一件黃綠色T恤，下面的長褲可能原本是灰色，但因為洗了太多次，幾乎已經看不出原來的顏色。也或許因為這樣，才令他腳上那雙全新的黑襪子顯得特別醒目。

不忍池入口前面有個計程車站，大約有十台計程車正在候客區排隊等候。跟最後一輛計程車相隔五、六十公尺外的地上，有人鋪了一塊藍色防水布，上面擺著四五百個空鋁罐。

路上有一道欄杆隔開車道與人行道，大約有二十多個便利商店的購物袋綁在欄杆上，袋裡似乎都裝著清洗過的日用品。一把溼雨傘掛在欄杆的鐵絲網上，旁邊還插著一把竹掃帚。附近有一輛推車，車上堆著一名流浪漢的全部家當，其中包括：棉被、衣服，以及大鍋小鍋之類的東西，全都用藍色防水布蓋著，推車的把手上還掛著繩索、手套和裝著土司麵包的塑膠袋，也都用晒衣夾固定住。

有個流浪漢把腦袋靠在欄杆上正在發呆，他的兩腿放在一行行的空罐頭之間，眼睛漫無目的地瞪著面前的往來車輛，半晌，他的腦袋從欄杆歪向一旁，似乎已經睡著了。

以前在這裡生活時，我從來不曾被趕到這個角落來過。

現在上野公園裡面豎起了兩塊嶄新的大型看板。

成功申辦世界遺產登錄

國立西洋美術館總館已被推薦為聯合國教科文組織世界遺產的候選單位。

現在，日本需要夢想的力量。

二〇二〇年，奧林匹克運動會・帕拉林匹克運動會將在日本舉辦！

如果外國評審委員看到那些流浪漢小屋，日本申請世界遺產登錄和奧運申辦項目都會被扣分吧。

上野公園的不忍池跟上野動物園的「鸕鷀池」原本是連在一起的，但是公園管理處在出口的弁天門周圍建了一道水泥空心磚牆，牆頭還裝設了有刺鐵絲網。

陣陣鳥鳴不時地從動物園那邊傳來。只要有一隻鳥發出叫聲，其他各種鳥兒就像突然失去控制似的，一起開始大叫：呱呱、呱呱、咯咯、咕嚕嚕嚕嚕、啾啊——、啾啾啾、啾啊——、啾啊——。

啪嗒！我聽到一陣水聲，連忙轉眼望向水面，看到烏龜和鯉魚都從池中露出腦袋，弄不清水聲究竟是烏龜還是鯉魚弄出來的。

池裡有一群白色和褐色的鴨子，有些正在蓮葉間游來游去；有些把嘴埋在背上的羽毛裡正在休憩；有些把屁股翹起，上身鑽進水中；有些拍著翅膀甩掉羽毛上的水珠。原以爲牠們是一群鴨子，仔細打量才發現，這些鳥兒的黃嘴尖呈鉤狀。假設牠們是海鷗或黑尾鷗的話，應該是從海上飛來的吧？……這附近的海面，大概是晴海碼頭？……

一棵枝枒垂進水面的柳樹下，兩個大約六十出頭的女人正在聊天，她們的手肘都撐在欄杆上。

「妳不覺得麻雀好像變少了？」

「聽說有人專門來抓麻雀喔。」

「啊！眞的嗎？」

她們一定就是在「薔薇圖譜」展覽會場裡談論武雄的那兩個女人。兩人都把黑皮包斜掛在肩頭，燙成小捲的短髮都染成栗色，身上穿著黑色和米色的長褲，白色和黑色的襯衣。不論是身形或穿著的傾向，兩人都極爲相似，或許是一對姊妹或表姊妹吧。

兩個女人的腳下，一隻雄鴿鼓著脖子不斷發出「啵啵－啵啵啵－啵」的叫聲，來回繞圈追趕一隻雌鴿，但那兩個女人的眼睛始終只望著池水的對岸。

「聽說還有麻雀做的燒鳥喔。」

「啊，麻雀！回來了，不是嗎？妳看，頭頂上！」

一群麻雀突然從天而降，彷彿有人把牠們從空中撒下似的，鳥群降到地面後分爲兩群，分別落在柳樹和垂枝櫻上。

「哎呀，好討厭，等下鳥糞啪噠一下掉在身上可就糟了。而且好像快要下雨啦，快點走吧。」

兩個女人在剛變成綠燈的路口走向人行道的對面，然後沿著那段坡路登上山坡。剛才那個流浪老婦購買氨基酸營養飲料的自動販賣機就在這條山路上。

一名光頭青年從坡路上跑下來，他身上穿著白色運動衫和黑色緊身褲，腳上是一雙鮮紅的運動鞋。

越過天龍橋之後，青年在手水舍前停下腳步，先用右手拿起舀水勺，再從石雕的小水池裡舀水沖洗左手，水池上面刻著「洗心」兩字。洗完左手之後，他又用左手拿起勺子，把右手也沖洗一遍，最後再用勺裡的清水漱漱口。盥洗後，青年來到弁天堂的賽錢箱前，雙手擊掌之後，彎腰向神明行了一禮，轉身繼續向前奔去，他一面喘息一面快步穿過弁天堂四周的石碑。這裡存放著許多獨特的石碑：眼鏡之碑、河豚供養碑、扇塚、甲魚感謝之塔、東京自動車三十年會紀念碑、眞友之碑、曆塚、庖丁塚──。

跑到辦公室前面，青年從腰包裡掏出一千元買了一塊繪馬，然後用萬能筆寫下心願後，把那塊繪馬掛在旁邊的樹上。

「感謝神明。我順利跑完了馬拉松。願神明今後繼續保佑我。」

青年拿起掛在脖子上的毛巾，一面反覆擦拭臉上冒出的汗水，一面打量別人寫在繪馬上的各種心願。從前我年輕的時候，從來不曾關心別人的心願或失落，但是眼前這位青年，在他堅毅挺直的眉毛下，一對黑眼珠裡很明顯地充滿對他人的關懷。

「但願英語教室的學生源源不斷，但願學生獲得良好教育。」

「願此生相親相愛，幸福美滿，互相扶持，直到永遠！」
「但願七月六日的試鏡能夠及格。」
「感謝神明讓我買的寶籤中了大獎。」
「祈禱搬家順利。」
「願全家平安健康。」
「今年一定要考取日語教育能力檢定考試。努力學習。」
「願我女兒快點醒悟。」
「一定要把壓力變成能力！我一定要成爲擁有領導魅力的男人！一定要！」
「就在今年，養樂多隊一定要獲勝。」
「願父母身體健康。」

青年把周圍的繪馬大致瀏覽一遍後，舉起兩手越過頭頂，然後交叉兩臂做著伸展運動。半晌，那雙紅色運動鞋又一面踢著參道上的碎石，一面從天龍橋頭的關東煮攤子前面飛奔而過。

禁止釣魚　東京都

請勿餵食鳥、貓、魚。　　不忍池　弁天堂

天龍橋南端豎著兩塊看板，上面寫著禁令規定。弁天門外鐵欄杆周圍的路邊，並排搭建了許多只用紙箱組成的小屋。這些小屋只在地面鋪一層紙箱和毛毯，然後在四周圍一層紙箱。因爲不忍池的周邊地區禁止搭建帳篷。據說從前的公園管理處不像現在這麼嚴格，流浪漢還可以從池裡釣些鯉魚，抓些鴨子，燃起一堆野火，大家圍著火堆享受火鍋，現在園裡常有警察和管理處工作人員四處巡邏，而且不忍池周圍的公寓居民也會打電話向台東區公所檢舉。

流浪漢的命運就是這樣，任何人看到流浪漢都會移開視線，但同時又有很多人整天都在監視流浪漢。

快要走到小屋旁邊時，一股刺鼻的貓尿味撲面而來。這時，只見一隻脖上繫著紅項圈的虎斑貓從紙箱裡鑽出來，緊緊地把身子貼在身穿黑雨衣的流浪漢腳邊。這貓長得很像阿茂飼養的艾米爾，但男人卻伸出關節粗大的手向貓兒呼喚道：「阿虎。」「喵！」貓兒也向男人回應。「阿虎，好乖喔。阿虎啊。」說著，男人用手撫摸貓兒的腦袋，虎斑貓仰面躺下，不斷扭曲背脊。

微風吹動，不忍池的水面掀起波瀾，柳枝隨之沙沙作響。環繞池畔的遊步道上，各種顏色的雨傘花開始綻放。

酷似艾米爾的虎斑貓的主人抬頭望一眼天空，然後縮著肩膀說：

「阿虎，下雨啦。」

說完，男人撐起一把綠傘插在紙箱上。

「身體弄溼了會感冒的，跟我進去吧。」

男人說著抱起貓兒躲進傘下，虎斑貓不斷用牠粗糙的舌頭舔著主人喉結下方的凹陷處。「好癢喔！」主人掀起長滿鬍鬚的嘴角發出一陣笑聲，同時也露出滿嘴的爛牙。

下雨了——。

那天，整夜都下著雨。

天亮的時候，斷斷續續的雨勢下得更強了，雨點打在藍色防水布上的聲音吵醒了我。

寒冷滲進我的襪子，兩腳已經失去了知覺。

不用照鏡子都能想像，我一定是臉頰浮腫，眼中布滿血絲。

當初是爲了找個終結自己的場所，才到上野公園來的。誰知在這兒過了幾天，我就耗盡了全身力氣，結果一眨眼工夫，我竟已在這兒混了五年。

冬天實在太難熬了。

夜裡經常冷得睡不著。每天白天我都離開小屋，然後像貓兒一樣，追著陽光四處打盹，生活悲慘得令我幾乎忘了自己也曾經有過家人。

然後，到了那一天，那個令人痛苦的早晨，我開始覺得活著本身就是件悲慘的事情。

小屋的窗口貼著一張紙條，上面寫著：

特別掃除活動將按照如下規定進行，請各位搬走自己的帳篷與行李。

日期　　平成十八年十一月二十日（星期一）風雨無阻

　　早上八點三十分之前，搬離原地。

（早上八點三十分至下午一點之間，禁止在公園內行走）

①文化會館後方的行李、臨時堆積場的鋼板・櫻花大道路邊的行李、摺缽山後方的帳篷與行李，請移到管理處後方的圍牆前面。

②波得溫博士銅像、奏樂堂、動物園舊正門、垃圾堆積場、以及格蘭特將軍植樹碑附近的帳篷與行李，請移到精養軒附近「鬼怪燈籠」前面。

③不忍池、船庫附近的帳篷，請移到不忍池中央大道。
④西鄉隆盛銅像附近的帳篷請移到ＪＲ附近，行李請移到原本搭建帳篷的位置。
⑤精養軒附近路樹旁的行李，請從原本以彩色三角錐標示的位置搬到更靠近「鬼怪燈籠」的地點。
⑥收好帳篷和行李之後，危險物品（電池、鐵橇、鋼管、刀刃之類的）與三夾板請勿任意拋棄。

上野恩賜公園管理處

那天是進行「特別掃除」的日子，流浪漢之間把這項活動叫做「上山打獵」。每次天皇家有人要去參觀園裡的博物館、美術館之前，我們就得收拾小屋，離開公園。

雨一直下著——。

我從棉被裡伸出手臂，把手錶拿到面前看了一眼，已經五點多了。這支SEIKO手錶，還是那年爲了慶祝我六十歲生日，老婆節子和女兒洋子到仙台去買來的。

「我又不會再出去打工，就算要工作，也是去田裡幹活，哪裡會用到手錶？家裡有壁鐘嘛。」我很少收到禮物，不知該說些什麼，所以才會說出這種話。

「我是想給你買個帶在身上的東西，所以去問洋子的意見，她說手錶比較好，我們就一起到仙台的『藤崎』，買了這個適合你的手錶。雖說你已在外面辛苦四十八年，以後終於可以過上舒服日子，也不需要在意時間了，但我還是希望你有個屬於自己的東西啊。」

那時，節子的身上穿著一件紅色或橘色的洋服。她那滿頭豐厚的白髮，被衣服的顏色襯托得非常好看。我已不記得那件洋服究竟是冬天的毛衣或是春天的襯衫。

但她身上那件洋服卻像燈籠一樣，鮮亮地照耀著我記憶中的那個手錶。

我看了一眼牆上的壁鐘，然後才把手錶從盒裡拿出來戴在腕上。鐘面顯示的時間比手錶快了五分鐘。戴好手錶的那一瞬，剛好聽到壁鐘敲了五下：乓！乓！乓！乓！乓！乓！「好了，該做晚飯啦。」節子說完站起來。我聽到她的腳步聲向廚房移動。回鄉半年以來，我每天從早到晚都跟節子在一起，就算看不到她的身影，也能憑聲音猜出她在做什麼了。

我直愣愣地瞪著手錶上的黑色指針。這個手錶雖是節子送我的禮物，我卻覺得它好像是節子的遺物。如果有一天，我就這樣死在外面，萬一需要什麼物品來證明我的身分，應該就是這個手錶吧。節子告訴我，這是她們母女一起到仙台的「藤崎」去買來的，洋子或許還記得這個手錶吧……家裡已經向警方申報失蹤人口了嗎？我在八澤的家……外孫女麻里……那隻身體細長的狗兒浩太郎還活著嗎……？

我很想爬起來，卻仍然躺在床上，翻來覆去，最後，我又重新陷入沉睡。睡夢中，我穿著草履站在八澤老家的浴池裡，正想從窗口跨向室外。我把一隻腳搭上窗台的瞬間，另一隻腳上的草履卻落進池中的熱水裡。這種站姿非常不穩定，我忍不住回過頭，雖然看不清楚，我卻發現妻子節子脫光了衣服正要洗澡。「都是妳，沒幫我看好，才害我出洋相。這盆熱水要是弄髒了，浩一跟洋子都沒法洗啦！」剛說完，我就被自己的怒罵聲驚醒了。睜開眼，浴室裡熱騰騰的水蒸汽頓時失去了蹤影，我立刻認清，自己並不在八澤的家裡，節子和浩一也已經不在人世。這個事實給我帶來沉重的一擊。我竟在夢中回到老家，這表示我心底其實很想回家嗎？……所以我才會穿著骯髒的草履走進家裡，然後又打算從浴室的窗口逃走……我會那麼生氣地怒罵節子，難道不是因爲心底怨恨她那麼突然地離我而去？……雨勢越來越大，簡直就像無數子彈打在屋頂上，我一面聆聽雨點的聲音，一面望著手錶。五點半了……我也該動手準備了……。

那天是十一月二十日，也是這個月的第五次「上山打獵」。上野公園裡面和附近有很多美術館、博物館，所以經常舉辦各種皇室成員會去參觀的展覽與活動。上野公園正岡子規紀念球場前的道路雖然也是皇室專車必經之路，但現在，從那條路上根本看不到的小屋也都被強制拆除了，這是否表示，東京市政府爲了成功申辦奧林匹克運動會，所以利用皇室成員「行幸啟」的機會，企圖把住在公園裡的五百名流浪漢全都趕出去呢？而事實也證明，皇室成員返回皇宮或赤坂御所之後的幾小時之內，公園管理處規定我們不准在公園裡搭建小屋，有些流浪漢卽使晚間返回原本屬於自己的地點，地上卻仍豎著「禁止入內」的看板，旁邊還放著欄杆與花盆。公園管理處明明知道，流浪漢被趕出公園之後，只能在街頭遊蕩——，但只要有皇室成員「行幸啟」，不管那天下雨或下雪，甚至有颱風來襲，流浪漢都必須拆掉小屋離開公園。

阿茂曾向我解釋過「行幸啟」的意思。「『行幸』是指天皇出行，『行啟』則指皇后或皇太子出行，兩者合稱『行幸啟』。艾米爾，下次我先把狀子寫好，等到皇室專用的黑轎車開過來，你就跑過去申冤好不好？你就說，微臣有事啟奏！微臣有事啟奏！如果是艾米爾跑過去，警察應該不會把你抓起來吧。你就大喊：伏望聖明，矜察垂憐，臣下在此痛絕哀號。平成十八年十一月草莽微臣艾米爾誠惶誠恐頓首頓首。」阿茂說著，把手放在貓兒嘴邊的鬍鬚上搔來搔去，貓兒被主人弄得很癢，便伸長了背脊，把嘴巴放在阿茂的手指上來回磨蹭。

天皇家的哪位貴人即將駕臨上野公園，管理單位是不會事先告訴我們的。來訪的貴客有時是天皇和皇后，有時是皇太子和皇太子妃，有時也可能是文仁親王和王妃或其他的皇室成員。反正貴人蒞臨之前，公園管理處會把「特別掃除」的紙條貼在我們的小屋外面，有時提早在「行幸啟」的一週之前，有時也可能是在兩天前。

拆除小屋的作業如果中間不休息，馬不停蹄地持續進行的話，大約需要兩小時，但是重新搭建一座小屋，至少就需要半天的時間——。其實最令人感到艱辛的，倒不是拆解或搭建的時間與勞力，而是拉開藍色防水布，再把充當屋頂與牆壁的紙箱或三夾板拆下的瞬間，塞滿各式家當的屋裡看起來就像是個大型垃圾場。或許這種無奈也是沒辦法的事情，因爲小屋是用藍色防水布和紙箱搭建起來的，這些建材都是人家拋棄不要的垃圾，我們撿回來搭建小屋，也只是爲了暫時抵擋風雨罷了——。

我從那天早上六點開始拆解小屋，然後把全副家當裝上推車，蓋上一塊遮雨的藍色防水布。等我把標示「す⑦」的行李調查卡掛上推車時，已是八點多了。

原本搭建小屋的地面又乾又白，但是眨眼之間，那塊地面就被雨點染成了黑色，我望著小屋的地面逐漸跟周圍融爲一體，然後，才撐著傘走進雨中。

我還沒決定要到哪裡去。在這種寒冬的雨天，如果手邊有點積蓄，我可以到漫畫喫茶店或膠囊旅館去沖個淋浴，睡個懶覺，或者去享受一下三溫暖，度過休假般的一天。我也可以把貴重物品存放在車站的投幣式儲物櫃，或是柏青哥店的免費寄物櫃，然後搭上山手線電車四處遊蕩。只要是乘客稀少的時間帶，我可以在開著暖氣的車廂裡睡一覺，還可順便在車廂的網架上或車站的垃圾桶裡撿拾雜誌——。

然而，那天的幾天之前，我一直覺得身體很不舒服，肚子和背脊疼痛不已，痛得我甚至懷疑自己是不是已經得了什麼重病。我眞的不想在雨天出門。如果可以的話，我只想像一隻蓑衣蟲似地躲在棉被裡。

我手裡雖然撐著一把傘，雨點卻像小石子般陸續從側面打在臉上和肩頭。雨滴不斷從眼皮上流下來，根本看不清前方的景色。我像狗似地張著嘴，一面喘息一面用手腕拭去臉上的雨水，大衣的衣袖早已溼答答地飽含水分。雨水從後頸流向背脊，衣服也全都弄溼了。寒氣正從脖子的後方向上升起，偷偷地化爲陣陣頭痛襲來。這時，我感到尿意已經超越忍耐的極限，只好緊握雨傘，努力集中全身筋肉的力量不讓自己倒下，一步一步邁向公共廁所。

小便之後，雖不是特意觀察，我還是不小心看到了洗臉台鏡中的自己。淋溼的髮絲緊貼著頭皮，額頭和頭頂已經變禿，頭上所剩無幾的髮絲也已白多於黑。歲月不僅在我的頭髮上留下痕跡，全身的每個角落都已開始老化。這種程度的寒冷，從前對我來說根本不算一回事。十二歲那年到小名濱漁港去打工，在船裡生活的那段時間，還有在東京奧運工地做工的那段時間，不論天氣多麼酷寒，我也總是能夠抓著魚網或十字鎬繼續打工——。

我的身體在潮溼的大衣下面微微顫抖。卽使豎起衣領，拉緊前襟，顫抖還是無法停止。我開始原地踏步，希望能夠驅走寒氣，卻聽到浸溼的鞋裡發出一陣嘩啦嘩啦的水聲，這才發現鞋裡早已被雨水浸得溼透。可是我並沒摔進過陰溝，所以大概是鞋底破洞了吧——。

從公共廁所出來之後，雨勢仍然沒有改變，但我發現天空似乎變得比較明亮了。

一名流浪漢穿著便利商店出售的透明雨衣，正要把堆滿家當的推車拖到公園管理處規定的存放場所。

另一名身穿綠制服的清潔員工彎著腰，從水窪裡撿起貌似垃圾的東西放進塑膠袋。

幾個背著背包和樂器箱的年輕人，從JR上野站公園口那邊走過來。他們或戴著耳機在雨傘下面欣賞音樂，或把雨傘靠近彼此大聲談笑——。順著上野公園的繁華大街向前走，越過東京都美術館之後，路旁就是東京藝術大學，這些年輕人都是這所大學的學生吧。

這時，一個男人騎著自行車穿過公園，他的一隻手裡撐著雨傘——，還有個正在雨中遛狗的女人，狗兒跟主人一樣頭戴紅雨帽，身穿紅雨衣，一面避開水窪，一面蹦蹦跳跳地前進。這隻狗的身體也是細長型，跟外孫女麻里養的那隻浩太郎是同樣的品種。我突然想起，「浩太郎」是在教訓那隻狗的時候才喊的名字，平時我跟麻里都叫牠「浩太」。「浩太，坐下……伸手……不對，這是『還要』的意思。你不伸手，就不給你喔。……伸手……對了！……浩太，好吃吧？原町的今野畜產做的炸肉餅可好吃了。」……「外公，不能給浩太吃油炸食物！臘腸狗的腿很短，太胖的話，會得脊椎間盤突出症的。所以一定要小心，不能讓牠長得太胖唷。浩太，吃飯的時候不准到外公身邊去喔！」……對了，浩太的品種叫做臘腸狗……。

我剛走上中央大道，一輛園內的垃圾回收車從身邊駛過，車輪濺起一陣泥水，弄溼了我的長褲。

東京文化會館的門前停著一輛十噸大卡車，車身上用英文寫著「東京都交響樂團」（TOKYO METROPOLITAN SYMPHONY ORCHESTRA），會館的屋簷下，一輛生鏽的藍色自行車撐開腳架停在那兒。屋簷外面有個上了年紀的流浪漢，手裡撐著一把傘，坐在折疊式圓凳上。老人的膝上蜷著一隻大白貓。貓臉上掛滿眼屎和鼻涕，髒得不得了，貓舌頭垂在嘴邊，似乎已經活不了多久了。自行車旁的地上放著一把撐開的雨傘，傘下撒了一地的麵包皮，幾隻麻雀正在搶食。

一列防暴車隊從上野廣小路方向逐漸駛近，最前面打頭陣的，是運送防暴部隊的專車，後面緊跟著拆除炸彈的工具車、裝載筒狀炸彈處理設備的大卡車、還有拍攝暴動場景作爲證據的採證車……等。總共十台車輛，全都駛到大噴水池前方的廣播體操廣場集合。

我看一眼手錶，八點五十七分。防暴部隊的車輛在大噴水池前面停下後，警察陸續下車，各自撐開雨傘。鑑識科警犬隊的警察牽著德國狼狗在四處巡邏。這些穿戴深綠制服與警帽的警察把警犬放進公園的樹壇裡，讓牠們搜尋炸彈的氣味。

九點三十二分——管理處規定流浪漢離開公園的時間已經過了一小時，我從花園稻荷神社前的坡道走向山下，來到不忍池的天龍橋畔。

雨水滴落在不忍池的水面，掀起一圈一圈漣漪，波紋隨著漣漪延向四方，然後消失了蹤影，接著，又有波紋延向四方，再度消失了蹤影——，這些波紋都跑到哪裡去了？我試圖找到解答，但我全身卻在不停地顫抖，彷彿體內早已失去溫熱，每一滴落在肩頭的雨點都能引起一陣震顫。

我打量著池中幾朵枯萎的蓮花，突然，千萬條雨絲遮住了我的視線，就像眼前落下一塊巨大的黑幕——，讓我清晰地看到自己走投無路的一生。戲臺的帷幕早已落下……我爲什麼還不從座位上站起來……究竟還想看到什麼……。

我小心翼翼地走在不忍池周圍的遊步道上。這裡在明治時代曾是賽馬場，據說明治天皇也曾蒞臨觀賞賽馬。遊步道的路面非常寬敞，往來行人擦身而過時，彼此的雨傘都不會相撞，行人、行人、行人、雨點、雨點、行人……我聽不到心跳聲、呼吸聲、人聲……。

那年的新年也是雨天，來來往往的鄉親聚集在日吉神社的石階上，大家或是讓開雨傘，或是退後一步，或是在傘下縮回身子，一面避讓一面互相道賀：「新年恭喜。今年也請多多關照。」我想起自己曾經非常喜愛這幅場景。時光已逝，往事如煙，明明就該從那些過眼雲煙中消失蹤影的我，卻仍然留在這兒……苟延殘喘……。

眼前出現了一座鮮紅色投幣式儲物櫃，接著，我的視線被「上野明星電影院」的看板吸引過去，這裡的流浪漢都把這座建築叫做「色情電影院」，因爲同一棟大樓裡共有三家電影院，一間是一次上映兩部國產電影的「明星電影院」，另一間是專門上映色情片的「日本名片劇場」，還有一間則是上映男同志色情片的「世界傑作劇場」。

只要花五百元買一張門票，就可以在這裡待到終場電影結束的清晨五點，因爲暖氣很強，我們可以在那柔軟的座椅上睡上一覺，所以寒冬的雨天進行「上山打獵」活動時，很多流浪漢都會躲到這裡來。

走進劇場後，我看到後面幾排的四、五個座位已經有人占據，都是流浪漢，卻沒有一個是跟我一樣住在摺缽山的居民。上野公園的流浪漢根據居住地區而分別擁有自己的勢力範圍，儘管我們平時不會像鄰居那樣閒話家常或相約喝酒，但是住在同一地區的流浪漢之間，還是存在一種若有似無的同伴意識，我們會窺視其他小屋的住民是否病倒，或隨時警覺是否有外來者入侵。

我把身子陷進第一排中央的座位，眼睛望著前方。電影的名字叫做「交換夫妻渴望刺激的巨乳妻」。平時我坐在這兒，只要閉上眼睛，立刻就能陷入沉睡，但我那天卻睡不著。體內有一種東西把我的睡意趕走了。

背後傳來陣陣震耳的鼾聲，還有清酒的氣味不斷飄來，可能有人正在喝酒吧。有人把腦袋靠在座位上，不停地左右搖晃腦袋；有人不時發出怒罵：「這個混蛋！」「蠢貨！」「去死吧！」劇院裡沒有一個人在看電影，放映機卻始終不停地運轉，電影也一直在銀幕上演出。

——電影裡的丈夫在一家成人玩具公司上班，他想了解顧客對公司產品的感想，便要求妻子試用一下公司製作的按摩棒。妻子使用產品之後，渴望丈夫給她肉體的滿足，但那位丈夫的心思全都放在工作上，並沒有迎合妻子的需求。另一方面，丈夫的直屬上司的妻子也是每天處於性饑渴狀態，有一天，兩位妻子同時目送丈夫上班後，彼此向對方傾吐婚姻倦怠期的煩惱，然後，兩人想到交換丈夫的妙計——。

銀幕上，男人和女人裸體糾纏在一起，我卻搞不清自己究竟在看什麼。刺痛的感覺不斷刺激著眼底，一種平時在戶外或小屋裡沒注意到的酸腐味，正從我身上衝進鼻孔。我感到全身發冷，令人厭惡的汗水一直從毛孔裡冒出來，酸酸的胃液也不斷湧進嘴裡，我覺得現在只要打一個嗝，可能就會當場嘔吐，所以我趕緊彎著身子離開座位，朝向劇場外面奔去。

雨聲已經變成了耳語，向每個躲在傘下的行人耳邊靜靜地傾訴著什麼，但奇妙的是，寒意依舊逼人，雨點卻沒有變成雪花。

——我繼續邁步向前。寒冷和頭痛聯手向我進逼，幾乎把我從自己的軀殼趕出去，但我的兩腳依然向前，向前，繼續邁著步子。雖然心底並沒明確地下定決心，但我似乎正朝著阿茂曾經建議過的圖書館前進。

正要越過人行道的時候，交通號誌變成了紅燈。我看了一眼祝賀我六十大壽的手錶，十二點二十九分——，「特別掃除」的通知上寫著「早上八點三十分至下午一點之間，禁止在公園內行走」。以前我從沒在規定時間之前回到公園過。但就算我回去了，會有什麼問題嗎？會違反什麼法令嗎？或是造成什麼損害，侵犯誰的權利嗎？有人會因此受到困擾，或因此大發脾氣嗎？我並沒做錯什麼。甚至連他人會在背後說我閒話的事情，我都沒做過一件。我只是無法適應。任何工作我都能適應，唯一令我難以適應的，就是人生，還有人生的痛苦、悲傷……喜悅……。

我登上了藏在中央大道高架橋下的電動扶梯，很快地，上野車站最新的驗票口就出現在我眼前。這個入口是在二〇〇〇年建成熊貓橋之後才設立的。熊貓橋驗票口旁有一座透明壓克力板陳列櫥窗，裡面擺著一個高達三公尺的熊貓玩偶。熊貓橋上沒什麼行人，但我的眼裡只看到身邊行人的兩腳和地上的水窪，或許因爲我正彎著背脊，低頭前進吧，就像我是個做了壞事的囚犯，正要被拉去受審——。

大約一公尺前方的欄杆上，一隻鴿子把腦袋向我伸過來。看來是一隻習慣人類視線的鴿子。然後，牠一躍而下，飛到我的腳邊，離我近得幾乎立刻就要被我踩到，但牠也只是讓開幾步，卻不肯立即飛走。或許曾有流浪漢餵牠吃過麵包皮之類的食物吧——。平時有太陽的日子，跨線橋的欄杆邊總有幾個流浪漢靠在那兒吃東西或打瞌睡，今天卻看不到一個人影。

地面的水窪裡，我看到一顆黑色ＢＢ槍子彈遺落在那兒。可能是哪個小孩用氣槍攻擊過睡在地上的流浪漢吧？——或是用子彈攻擊過月台上的候車旅客？

跨線橋下，好幾條電車月台排成一列，其中包括：宇都宮線．東北線、高崎線、上越線、京濱東北線、山手線內環、山手線外環。

以前曾有個流浪漢，從熊貓橋上跳下鐵軌自殺，後來警察還到摺缽山的帳篷村來調查。據說那個男人住在國立科學博物館前面的帳篷村，但他沒有留下任何能夠提供線索的遺物，譬如像他的眞名、籍貫，都無從查起，他也沒跟其他流浪漢交談過。警方完全找不到他在上野恩賜公園以外地區的生活痕跡——。

越過熊貓橋之後，我登上階梯，就算進入上野恩賜公園了。園內並沒拉起限制行動的黃膠帶，也沒聽到任何廣播，眼前的園內景象跟平時一樣。每天在固定時間穿過公園的上班族或學生，可能根本不會留意木椅上沒有流浪漢坐在那兒，也不會發現藍色防水布和紙箱搭成的小屋全都拆掉了。「特別掃除」清掉的不是這些人的家，「上山打獵」的抓捕對象也不是這些人。

他們不會注意到這些吧——，譬如那些正在正岡子規紀念球場前面盤問年輕男子的警察；還有繁華大街兩旁候命的警察，其中大約一半穿著便服，一半穿著制服；以及站在國立西洋美術館頂樓陽台監視地面的便服警察；還有正在公園上空進行低飛盤旋的直升機，他們也不會注意到這些吧——。

不一會兒，東京文化會館前面聚集了許多便服警察，他們忙著拉起阻止行人穿越的黃黑條紋膠帶，並開始向車站方向與動物園方向過來的行人進行說明。

「從現在起的十分鐘之間，這裡禁止通行。大家如有急事，請從公園外面繞道過去。」

我看到路上行人都把雨傘提在手裡，這才發現雨已經停了，我也收起雨傘，看了一眼手錶。

——十二點五十三分。

「發生什麼事了？」

一名貌似大學生的男生向穿西服的刑警問道。男生穿著一件粗呢短大衣，下面是一條牛仔褲。

「等下天皇陛下的專車要經過這裡。」

刑警是個理平頭的矮胖男子，看起來更適合在小攤上叫賣鐵板炒麵。

「哇，好幸運！可以親眼看到天皇陛下喔。」

「啊？天皇陛下？」

「哎唷！天皇陛下啊！難得碰上了，看完再走吧。馬上過來嗎？」

「馬上就要來了。」

「啊呀！趕快用手機送張照片！我要送給我媽！」

「那輛專車裡，天皇陛下坐在哪邊？」
「靠我們這邊唷。皇后坐在另一邊。」
「咦？天皇陛下爲什麼經過這裡？」
「他到日本學士院去參加日本藝術振興會舉辦的國際生物學賞的頒獎典禮。」
遠處隱約可見開道的白色摩托車正從國立科學博物館那邊駛過來，我看了一眼手錶，一點零七分。
緊跟在白色摩托車後面的，是一輛黑色轎車。天皇專車正在逐漸接近。
那是一輛「豐田皇家世紀」，引擎蓋上豎著一面天皇旗，紅色旗幟的正中央印著金色十六瓣菊紋。
後面的座位上——，正如那位刑警所說，駕駛座後面坐著天皇陛下，副駕駛座後面坐著皇后陛下。
碰巧路過的行人大約有三十人，大家都忙著向專車揮手，或舉起手機拍照。人群裡掀起一陣喧譁：「是眞人呢！」「好近唷！不到兩公尺吧？」「跟電視上一模一樣！」

原本正以時速約十公里的速度前進的專車，這時突然變慢到幾乎跟走路一樣的速度，然後，後座的車窗打開了。

天皇陛下舉起手掌，像在搖手似地向我們打招呼。

原本正在向車站那邊路旁的群衆揮手的皇后陛下，這時也從座位靠背挺直身子，轉向汽車這邊的群衆點頭致意，她併攏美麗的五指，揮動雪白的手掌向大家打招呼。皇后陛下穿著一件灰中泛紅的碎花和服，肩頭與前襟之間點綴著許多白色、淡紅色、淺粉色和暗紅色的楓葉。

天皇和皇后已經近在眼前。兩位都把目光轉向我們，除了柔和之外，我找不到其他字眼來形容他們的眼神。兩位的嘴角浮起微笑，兩個永遠都不會知道罪惡或羞恥爲何物的嘴角。從他們的微笑裡，我看不出兩位心中的眞實想法。但他們的微笑跟政客或藝人那種虛假的微笑完全不同。從來沒體驗過掙扎、覬覦、徬徨的人生——，跟我一樣度過了七十三年的歲月——，沒錯，天皇陛下馬上就滿七十三歲了，他跟我一樣，都是昭和八年出生。昭和三十五年二月二十三日出生的皇太子殿下已經四十六歲了——，浩一如果還活著，也是四十六歲。他跟浩宮德仁親王同一天出生，我從親王的名字裡借用一個「浩」字，給我的長子取名浩一——。

現在天皇、皇后跟我之間，只有一根繩索將我們隔開，我要是掙脫限制，奮力奔到兩位陛下面前，一定會有很多警察過來制服我吧，但在那種情況下，我就能讓兩位陛下看到自己，也能讓他們傾聽我的心聲。

傾聽我的心聲——。

究竟是什麼呢——。

我的嘴裡發不出一絲聲音。

我舉起手，朝著已經遠去的天皇專車不斷揮手。

我聽到了一些聲音——。

那是在昭和二十二年八月五日，天皇御用列車在原町車站停車後，穿西服的昭和天皇出現在群衆面前，他把手放在禮帽的帽緣向大家打招呼的瞬間，兩萬五千人一齊發出歡呼：「天皇陛下萬歲！」——。

三十歲那年，我決定到東京打工，工作場所是在東京奧運預定使用的競賽場建設工地，但後來奧運會的競技項目我一項也沒看過，只有在昭和三十九年十月十日那天，我在組合屋宿舍的六疊榻榻米房間裡，聽到昭和天皇的聲音從收音機裡傳來。

「本人向第十八屆近代奧林匹克運動會表示祝賀，現在宣布東京奧林匹克運動會開幕。」

那是在昭和三十五年二月二十三日，節子即將生產時，收音機裡傳來播音員歡快的聲音——。

「今天下午四點十五分，皇太子妃殿下在宮內廳醫院生下親王，母子均安。」

淚水突然從眼中湧起，爲了不讓眼淚流下來，我努力地抑制著臉上每一根肌肉，但是每次呼吸都讓我肩頭震顫不已，最後，我舉起兩手摀住臉孔。

——背後傳來拖著腳跟走路的聲音，我轉過頭，看到一名流浪漢。他穿著一件過長的大衣，腳跟踏著鞋子的後幫，像穿拖鞋似地踏著步子向前走。東京文化會館後面也有一名流浪漢，雙手推著一輛推車，車上的物品用藍色防水布蓋著，推車的把手上掛著一把雨傘。

我看到警察都已搭上警車和運輸專車，車隊正要駛出公園。「上山打獵」行動已經結束了。

空氣裡瀰漫著雨水的氣息。其實跟下雨時比起來，剛下完雨的空氣裡更容易聞到雨水的氣味。雖然東京市內到處都鋪著柏油路面，但是公園裡仍有很多樹木、泥土、青草和落葉，或許我聞到的，只是雨水沖刷這些物質發出的氣味吧。

三十多歲的時候，因爲加班費比白天的時薪多付四分之一，所以我每天都在加班。每當雨後的夜晚，下班後，我朝向車站走去，自己的身影總是被那些剛下班的上班族吞沒。這些人正要趕回家人的身邊吧。我一面踩著潮溼的柏油路，一面嗅著雨水的氣息，腳上的鞋子沾滿泥土，霓虹燈映在溼潤的路面上，不斷閃閃發光——。

西邊的天空裡，一道陽光從雲層的裂縫中射出；但東邊的空中卻掛著幾片隨時都會帶來雨水的烏雲。

耳邊傳來潺潺水聲，我轉頭眺望文化會館的方向，卻弄不清那聲音究竟是因爲簷下排雨槽在漏水？還是空氣調節器裡的流水？

我抬頭仰望天空，鼻中聞著雨水的氣息，耳中聽著流動的水聲，終於，我明確地醒悟自己接下來該怎麼做了。「醒悟」這個字眼，還是有生以來第一次浮現在我腦中。我不想被侷限，也不想逃避，我只想讓自己變成一張帆，任由風兒把我吹向海角天涯——，寒冷和頭痛已不再令我煩惱。

銀杏葉的金黃就像被水溶化的顏料，漫然流進眼簾。那些正在飛舞的樹葉，被雨沾溼後任人踐踏的樹葉，還有附著在枝梢的樹葉，每片樹葉都閃著黃色光芒，令人不忍直視——。

然而，自從變成流浪漢之後，我只對銀杏的果實有興趣。只要看到銀杏的果子，我就戴上塑膠手套，一顆一顆從地上撿起來裝進超市的塑膠袋，等到袋子裝滿了，就拿到公園的飲水池處理，先把有臭味的外皮洗掉，鋪在報紙上晒乾，然後拿到阿美橫丁去賣，一公斤可以換到七百元——。

咻地一聲，深秋的寒風吹來，漫天黃葉翩翩起舞，占據了我的全部視野。季節的變換已經跟我無關了——，但滿眼的黃色卻像光明的使者，令我無法移開視線。

嗶！嗶嗶！視障者有聲號誌發出連續的指示音，我舉目望向山下通的對面，看到交通信號變成綠色。

越過人行道走到對面。

我從口袋裡掏出零錢買了一張車票。

然後走進JR上野站公園口的驗票口。

「東北新幹線疾風號前往新青森」我看到車站看板上的文字。只要搭上那班列車，四個半小時之後就能抵達鹿島車站——，這個念頭躍入腦中的瞬間，心臟受到猶豫的刺激，加速跳動了幾下，但我已不會再被思鄉的情緒攪得血脈賁張，胸口發緊。

那麼多條路都已錯過。

眼前只剩下唯一的一條路。

那條路究竟是不是歸路，不親自走一回，誰也不知道。

我順著通往山手線內環二號月台的樓梯往下走。

噗嗡、嘓喔，咕嘟咕嘟、咕嘟咕嘟咕嘟、咕嘟、咕嘟……下樓走到一半，差點撞到一個女人。她看起來三十多歲，身材十分矮小，身上穿著紅大衣，額前留著少女般的瀏海……咕咚、咕咚、咕、咚、咕……正在上樓梯的女人把手機螢幕貼近自己的臉孔，當她發現幾乎撞到我的瞬間，才驚覺地道歉說：啊！對不起！說這話時，她那蒼白的臉上毫無生氣。原來是個流浪漢！她露出滿臉驚訝，接著又像心願沒能達成似地換上陰暗的表情。我快要走到樓梯底層時，才停步回頭望向樓梯頂端，剛好看到紅大衣的背影已經到達樓梯的頂層……咚、噗嗡、嚕嗚、哺咻喊喊、喊喊、喊、喊……喊……喊……咕嘟……咻、嚕嚕嚕、咕嘟……還好，她不會成爲目擊者。想到這兒，我稍感安心。她剛才在手機裡看到的，或許是不好的訊息吧。但今晚她還是會睡覺，明天早上起床以後，她也照樣洗臉、吃早餐，然後更衣、化妝、出門辦事。人生就像這樣不斷地延續。儘管日曆會把昨天、今天、明天劃分得一清二楚，人生卻不會把過去、現在和未來分開。不論是誰，任何人都擁有自己一個人無法排遣的大把時間，任何人都在這段時間裡活著，然後死去——。

我目送一班山手線內環列車開走，在等候下一班列車進站的三分鐘之間，我在自動販賣機買了一罐果汁，但只喝了兩口，就把罐頭扔進了垃圾桶。

「前往池袋、新宿的電車馬上就要抵達二號月台。爲避免危險，請站在黃線後面等候。」

我站在黃線上緊閉雙眼，全副精神都集中在逐漸靠近的電車上。

噗嗡、嘓喔，咕嘟咕嘟、咕嘟咕嘟咕嘟、咕嘟、咕嘟……。

我在自己的心臟裡不斷悸動，尖銳的叫聲撕裂我的全身。

視野所及之處全都變成鮮紅，然後，翠綠像漣漪般逐漸擴展。

稻田……今年剛插完秧，灌滿水的稻田……等到夏天來了，一定要每天除草喔……稗草的模樣跟水稻很像，還會搶走水稻的養分，所以一定要注意，要看清楚喔……稻田的翠綠正在飛向後方……我是坐在火車裡嗎？……喔，是常磐線……正從原町車站駛向鹿島車站……那是新田川啊……我把臉孔貼近河面……看到許多銀色小魚，正忙著配合水流急速擺動尾鰭，看來就像停留在水面似的……那是一群每年春季都會從大海游回小河的新生香魚……眩目的光耀降臨在河畔的原野上……。

每個瞬間都閃亮耀眼，也伴隨著陰影。眼中看到的全都過於明亮，過於清晰，令我感覺自己不像在觀賞景色，而是景色正在注視自己。黃水仙、蒲公英、款冬花、春星韮……每一朵花，都凝視著我——。

我踏步向前，感覺身體好像被風推著前進，我立刻明白，自己正在海濱漫步。沙……沙……，單調的海濤聲傳入耳際，同時，鼻中也瀰漫著浪潮的氣息。海潮的氣味總是像蛛網似的，黏附在肌膚上，跟清風、雨滴或花兒的氣息完全不同。

我明明是在兒時就已熟悉的右田濱海灘行走，卻又覺得好像闖進一個禁止踏入的場所，我抬起頭，越過草帽的帽緣望著天空。

太陽高掛空中。

回頭望向身後。

潮溼的沙灘上留下許多腳印

我瞇著眼凝視大海。

海天相連處像鋼鐵一樣平滑，但在海水與沙灘的交接地帶，來回拍打的海浪不斷化爲細碎的白色泡沫，匆匆吐出剛剛吞噬的貝殼、海藻與砂石。

陣陣海風吹來，松林的枝梢隨風搖曳，發出沙啦沙啦的聲響；風兒夾帶著剛發芽的松葉清香，就像縷縷溫暖的嘆息，輕撫著我的臉頰。

目送風兒的背影離去後，我才發現這裡是我自幼生長的北右田村。

原本從海邊根本看不到我的老家，但我現在卻淸晰地看到老家的屋頂。

天空一片蔚藍，在緊貼地平線的位置，我看到一片層層堆疊卻沒有任何斑紋的巨大灰雲。

成群的海鳥發出尖銳叫聲，一齊從松林飛向天空。牠們在空中像滑行似地往來交錯，乘風翱翔。

霎時間，我聽到轟然一聲地鳴，恍如巨無霸噴射機起飛的聲音，這聲巨響消失後，地面立即開始天搖地動。

電線杆在我眼前猛烈搖晃，看來就像驚濤駭浪中的船桅。

許多人從栽種番茄的塑料溫室裡狂奔出來，有些人在洋芋田裡向前爬行，有些人驚叫著彼此擁抱，還有些人緊抓小卡車不肯放手。

搖擺的杉樹揚起陣陣花粉，連四周的空氣都被染成了淡黃色。

磚牆倒塌，屋瓦滾落，人孔冒出地面，路上裂痕斑斑，地下水不停地往外噴湧。

防災專用的無線通訊系統再三播放刺耳的廣播：

「海嘯警報已經發布！第一波預定到達時間是三點三十五分。預測最高可達七公尺。請前往高地避難。」

警車和消防車一面發出警報聲一面快速衝向海邊，工作人員拿著手提喊話器不斷警告群眾：「海嘯即將到達，請大家趕快避難！」

遠處的海面掀起一道筆直的白浪，防波堤上的人群看到滔滔白浪朝向岸邊席捲而來，立即一哄而散，一面慌張奔逃一面呼喊：「海嘯來了！」「快逃啊！」

海嘯的巨浪掃過松林上方，掀起一股夾帶灰土的煙塵，也捲起無數船隻，樹木被沖成碎片，田地隨波流失，房屋崩塌沖毀，庭院破滅消失，汽車陷入濁流，墓碑坍塌傾倒，房舍的屋頂、牆壁的板材、窗上的玻璃、船隻的重油、車輛的汽油、消波塊、自動販賣機、棉被、榻榻米、馬桶、火爐、桌子、椅子、馬、牛、雞、狗、貓、人、人、男人、女人、老人、孩童——

國道六號的路面上，一輛汽車正從遠處駛來。

坐在駕駛座上開車的，是我的外孫女麻里，那隻身體細長的狗兒浩太郎坐在她旁邊的副駕駛座上。

汽車開到我家門前停下，麻里下車走向院裡，牽起拴在狗屋的柴犬。這一定是她後來收養的另一隻流浪狗。麻里抱著狗兒坐進車中，砰地一聲拉上車門。當她重新發動引擎時，汽車的後照鏡裡映出滾滾黑浪。

麻里握緊方向盤踩下油門，直接把車倒向國道六號線，然而，那股黑浪很快就追了上來，吞滅了汽車。

當巨浪退去時，回流帶著外孫女和兩隻狗兒搭乘的汽車，一起沉下海底。

等到海浪恢復平靜之後，汽車已被大海的光輝團團圍繞。越過汽車的擋風玻璃，我看到麻里的粉紅制服，她的口鼻都浸泡在海水裡，漂浮在海浪裡的髮絲隨著光線的強弱，不斷變換顏色，時而褐色，時而黑色。睜大的眼中看不到眼神，好像兩個閃閃發亮的黑洞。麻里跟我女兒洋子長得很像，她們都遺傳了我老婆節子的鳳眼。身體細長的浩太郎和那隻柴犬，也跟麻里一起命喪車中。

我無法用力擁抱麻里，也不能撫摸她的頭髮或臉頰，就連呼喚她的名字，放聲痛哭，或是流一滴眼淚，我都辦不到。

腫。

麻里的右手緊抓著狗鍊，我只能目不轉睛地瞪著她那隻手的指紋逐漸變白變

光輝慢慢地變暗了，大海終於平穩得像是陷入昏睡。

外孫女的汽車漸漸融入昏暗，再也看不見了，這時，我聽到了那個聲音，從承載著海水重壓的黑暗中傳來。

噗嗡、嘓喔，咕嘟咕嘟、咕嘟咕嘟咕嘟、咕嘟、咕嘟……

穿著各色服裝的人、人們、男人、女人，他們的身影從黑暗中慢慢滲出，然後在月台上忽隱忽現四處游移。

「前往池袋、新宿的電車馬上就要抵達二號月台。爲避免危險，請站在黃線後面等候。」

結語

我開始構想這本小說，是在十二年前。

二〇〇六年，我去採訪皇室成員出行前舉行的「特別掃除」，這項活動在流浪漢之間被稱爲「上山打獵」。

公園的管理單位通告「上山打獵」日期的方式只有一種，就是直接把通知貼在流浪漢用藍色防水布搭建的「小屋」牆上。發通知的時間最早是在一週前，有時也可能在兩天前。所以我拜託一位住在東京的朋友，請他經常到上野公園去打聽，然後把通知的訊息告訴我。

那次去採訪時，我住在上野恩賜公園附近的商業旅館，從早上七點，流浪漢開始拆除「小屋」起，直到下午五點，大家返回公園爲止，我一直緊跟流浪漢的足跡蒐集相關資料。

寒冬裡下著大雨的日子，那一整天的艱辛實在超出我想像的數倍。

這項「上山打獵」的採訪工作，前後總共進行了三次。

我跟著那些流浪漢邊走邊聊，從他們的談話裡，我才知道他們大部分來自東北地方，最先是爲了跟同鄉集體求職或打工，才到東京來的。就在大家聊得正熱鬧的時候——有一名七十多歲的男性，他用兩手在我跟他之間畫了一個三角形和兩條直線。

「妳已擁有的，我們卻沒有。『擁有的人』是不會明白『沒有的人』的心情的。」男人對我說。

他用手比劃的，是屋頂和牆壁——，也就是「家」。

那次採訪之後，八年過去了，我心裡一直掛記著這部作品，但同時又出版了其他的五部小說、兩部紀實文學，和兩本訪談錄。

二〇一一年三月十一日，日本發生了東日本大地震。

三月十二日，東京電力公司福島第一核能發電廠一號機組反應爐廠房發生了氫氣爆炸；十四日，三號機組反應爐廠房又發生氫氣爆炸；十五日，四號機組也發生了爆炸。

四月二十一日起，我開始前往核電廠周邊地區進行採訪，在我展開工作的第二天，也就是四月二十二日起，核電廠周圍半徑二十公里以內的地區，被認定爲「警戒區域」而遭到強制封閉。

二〇一二年三月十六日，我開始在福島縣南相馬市臨時災害電台「南相馬雲雀ＦＭ」擔任節目主持人。這個電台設在市政府裡面，我負責的節目叫做「一個人和兩個人」，每星期五播出，播出時間約三十分鐘。

每次節目當中，我都會邀請「兩個人」來聊天。他們或是南相馬的居民，或是老家在南相馬，或是跟南相馬有些淵源的人士。

到二〇一四年二月七日第九十四回節目播出爲止，我總共訪問了兩百多位嘉賓（因爲有時來賓超過三人）。

除了廣播之外，我還到南相馬市內（主要是鹿島區）的避難所集會中心去訪問年長的鄉親，聽他們講述這塊土地的前世今生。

那些鄉親不知向我強調過多少次，南相馬地區被核電廠選中之前，很多家庭都窮得不得了，一家之主的父親或兒子必須到外地打工才能養活全家。

大地震發生之後，很多鄉親的住宅被海嘯沖走，或因住家位於「警戒區域」之內，而不得不搬到避難所去當難民；另一方面，當地的很多鄉親從前不得不離鄉背井，到外地去打工，最後變成了無家可歸的流浪漢。不論是難民或流浪漢，兩者的人生都充滿了辛酸。每次想到他們的苦難，我就對自己說：我一定要寫一部小說，像門與牆之間的鉸鏈一樣，把這兩種痛苦聯繫起來。

從那以後，我經常奔走在鎌倉的自宅與南相馬之間，也常在上野公園附近的旅館過夜。

上野公園早已發生了戲劇性變化，園內現在變得非常乾淨，跟我在二〇〇六年第一次採訪「上山打獵」時不可同日而語。那些流浪漢都被趕到限制區去了。

二〇一三年，日本正式決定主辦二〇二〇年東京奧林匹克·帕拉林匹克運動會。

相關單位在不久前宣布，東京奧運將為日本帶來二十兆日幣的經濟效益，以及一百二十萬個工作機會。相關單位還預測，提前完成住宿、體育設施，及道路等基本建設，可望帶動國民將儲蓄轉為消費，譬如像購入高解析度電視之類的高性能電器用品或體育用品……等的消費行為，都將有助改善國內的經濟景氣。

另一方面，新聞報導也提到，首都圈的奧運建設將成為所有資源的優先供應對象。所以現在很多人都在擔心，資材價格上漲、人手不足……等問題，會使東北沿岸地區的修復與重建更加遲延。

我相信，東京奧運的建設現場一定有很多來自福島的父兄在出力，他們可能是東日本大地震的災民，也可能是被核電廠事故弄得無家可歸的難民。

很多人現在都戴著「五彩鏡片」憧憬著六年後的東京奧運，而我看到的，卻是那些人的鏡片裡看不到的東西。

「興奮」與「狂熱」之後會有什麼?——

最後,在本書即將出版之際——,

我要向南相馬市鹿島區角川原臨時住宅的居民島定巳先生致謝,一九六四年,島先生曾在東京奧運體育設施工地打過工,他把自己的親身經歷詳細地告訴了我。

我還要向小學教師菅野清二先生致謝,感謝他向我描述了核電廠建設前的相雙(相馬.雙葉)地區實況。

也要感謝南相馬市鹿島區.勝緣寺住持.湯澤義秀先生、南相馬市原町.常福寺住持.廣橋敬之先生,他們向我介紹了相雙地區眞宗移民的歷史。

還有鹿島區的佐籐和哉先生,他不但細心教我方言,還幫我進行時代背景的考證,在此向他表達謝意。

此外，我也要感謝《文藝》雜誌總編輯高木玲子女士，她始終堅持不懈地耐心等待，這部小說能順利完成；我也要向責任編輯尾形龍太郎先生說聲謝謝，因爲有他一路相伴，我和小說主角才能走到故事的終點。

二〇一四年二月七日

柳美里

譯者的話

蛻變中的柳美里——從「療癒書寫」到「悲憫眾生」

章蓓蕾

柳美里的小說《JR上野站公園口》於二〇二〇年十一月獲得美國國家圖書獎的「翻譯文學部門獎」。我身為最早介紹柳美里給國內讀者的譯介者，聽到這個消息當然非常高興，同時也不可否認，我心裡更為作家感到慶幸，因為她終於擺脫「日本第一私小說作家」的頭銜，變身成為世界公認的大作家。

二〇〇〇年前後，我連續翻譯過柳美里的九部作品，其中絕大部分都是以作者親身經歷為主題的私小說。柳美里在訪談中提到，寫作對她來說是一種療癒，她是用書寫來治療幼時遭受的心靈創傷。

身為韓國移民的柳美里從小就被同學排斥，中學二年級輟學後，她整日在外遊蕩，大部分的時間是在墓地跟鬼魂交談。柳美里的母親後來跟外遇的男人私奔時，把女兒從家裡帶走。多年後，柳美里回憶當時的情景說，那個男人的妻子住在附近，經常在半夜跑來哭鬧，所以她那時在學校和家庭都找不到屬於自己的位置。

這段成長經歷，後來被寫成小說《家族電影》，並使柳美里成為一九九七年芥川賞得主。由於早期作品幾乎都是描寫自身的故事，有人認為她的小說內容重複性太強。另一方面，也有很多讀者欣賞她的文筆，暗自期待作家儘快走出私小說世界。

《JR上野站公園口》是柳美里於二〇一四年發表的作品，小說問世後，國內市場反應平淡，甚至還被有心人士貼上「反天皇」的標籤，作者也遭到保守勢力的抨擊，反韓團體還把這部小說當成聲討的目標，文學評論家們都對這部作品採取視而不見的態度。

但在時隔六年之後，幾乎已被世人遺忘的小說，卻突然在太平洋彼岸獲得美國文學界大獎，又重新引起日本讀者的關注。據「日販」（日本出版販賣）的統計顯示，去年（二〇二一年）六月為止，《JR上野站公園口》已銷售四十三萬部，成為去年上半年文庫本暢銷榜的冠軍，難怪當初冷眼看待這部作品的各界人士都感到意外與尷尬。

為什麼在日本飽受非議的作品，卻受到西方讀者的歡迎呢？《ＪＲ上野站公園口》英文版譯者莫根．賈爾斯（Morgan Giles）在訪談中表示，她讀過許多描寫福島核輻射事故的作品，只有《ＪＲ上野站公園口》讓她流下了感動的眼淚。賈爾斯指出：「這部小說提醒了世人，在那塊喪失資源與生命的土地上，現在仍有很多人在那裡生活，但他們的犧牲已逐漸被人遺忘。」

「紐約時報」在專題報導中形容《ＪＲ上野站公園口》是「一部以建築工人的幽靈為主角的小說」。主角出生在日本東北的貧農家庭，剛滿十二歲就被送去打工，一輩子都在外地賺錢養家，等到年老返鄉後才發現，他在家鄉已無立足之地，所以最後只好自我放逐，變成了東京上野公園裡的流浪漢。

或許是因為作者把流浪漢的悲慘人生描寫得過於眞切，戳中了日本讀者的痛點，所以才對這部小說心生抗拒吧？而相對的，也是因為小說裡的描述滿足了西方讀者的好奇心，美國的評審委員才覺得這是一部難能可貴的作品吧？如果，作者沒有設定主角跟明仁天皇同年同月同日出生，也沒設定主角的妻子跟昭和天皇的生母貞明皇后一樣叫做「節子」，或許，日本某些群體也不至於對這部小說敏感到歇斯底里的程度吧。

日本政治思想史學者原武史在《JR上野站公園口》文庫版的〈解說〉中指出，主角最後的歸宿似乎是在暗示，黎民百姓只有從離世的那一瞬起，才能掙脫覆蓋全國疆域每個角落的天皇制。或許作者是想藉主角的一生探討黎民不幸的原因，究竟是因爲自己不夠努力？還是生不逢時？或像主角的母親所說的「不走運」？

柳美里在小說裡對天皇制發出過悲嘆嗎？我想，每位讀者心中都有不同的解答，但那些把《JR上野站公園口》定性爲「反天皇」的讀者，可能根本不知道，同樣也是芥川賞得主的沖繩作家目取眞俊的小說才是眞正的「反天皇」。目取眞俊在小說《走在名爲和平的大街上》裡不但把天皇形容爲「堆起笑紋的白臉好像失去鮮度的烏賊，一對浮腫如泥偶的小眼中露出羸弱的目光」，甚至還讓老婦阿歌把糞便塗抹在天皇座車的擋風玻璃上，藉以宣洩作者對天皇制的怨憤。

但不論如何，《JR上野站公園口》的表現方式獲得了西方讀者的認可，創設於一九五〇年的美國國家圖書獎，是全美最具權威性的文學獎，在柳美里之前，獲得該獎的日本作家都在文學史上占有一席之地，譬如像：川端康成（一九七一年／《山之音》）、樋口一葉（一九八二年／《青梅竹馬》）、多和田葉子（二〇一八年／《獻燈使》）。

衆所周知，川端康成得過諾貝爾文學獎，多和田葉子則是日本下次獲得該獎呼聲最高的作家，所以柳美里這次得獎之後，日本文學界人士都在猜測，說不定柳美里也有機會獲得諾貝爾文學獎。

不過，這類傳言並沒對柳美里造成任何影響，她仍像從前一樣，繼續書寫她從二〇〇七年開始執筆的「山手線系列」。這個系列由七部小說組成，每部作品的主角都是生活在JR山手線沿線的底層市民，作者用心聆聽他們對喪失發出嘆息，試圖以說故事的方式引起社會大衆對這些弱勢人群的關注。

事實上，《JR上野站公園口》就是「山手線系列」當中的第五部。據柳美里透露，她目前正在書寫這個系列的最後一部，題目叫做《JR常磐線夜之森站》，預定二〇二二夏天付梓。這部小說可說是《JR上野站公園口》的姊妹篇，故事主角是一名冒著生命危險在福島核電廠處理核輻射汙水的除汙工。

柳美里獲獎後談到今後的寫作計畫時表示：「人活在世，必定會遭遇各種喪失，但我認爲喪失並不是消失，每個人最終都不免一死，但那個人曾在世上存在，曾在人生中有所作爲，卽使在離世之後，那個人的所作所爲仍會在世上留下回響。我想，小說家的任務就是用心傾聽庶民遭遇喪失後留下的迴響。」

顯然，柳美里早已不是私小說時代的柳美里，今天的她，不但走出了心靈創傷的陰影，還擁有悲天憫人的餘裕。深信在不久的將來，柳美里一定還會創造更多令人驚喜的作品，贏得更多讀者的讚許。

二〇二二年二月吉日

章蓓蕾

寫於東京

小說精選

JR上野站公園口

2023年3月初版　　定價：新臺幣380元

著　者	柳美里
譯　者	章蓓蕾
叢書主編	黃榮慶
校　對	馬文穎
內文排版	王君卉
封面設計	鄭婷之

出版者	聯經出版事業股份有限公司
地址	新北市汐止區大同路一段369號1樓
叢書編輯電話	(02)86925588轉5307
台北聯經書房	台北市新生南路三段94號
電話	(02)23620308
郵政劃撥帳戶第	0100559-3號
郵撥電話	(02)23620308
印刷者	文聯彩色製版印刷有限公司
總經銷	聯合發行股份有限公司
發行所	新北市新店區寶橋路235巷6弄6號2樓
電話	(02)29178022

副總編輯	陳逸華
總編輯	涂豐恩
總經理	陳芝宇
社長	羅國俊
發行人	林載爵

行政院新聞局出版事業登記證局版臺業字第0130號

本書如有缺頁，破損，倒裝請寄回台北聯經書房更換。　ISBN 978-957-08-6762-6 (平裝)
聯經網址：www.linkingbooks.com.tw
電子信箱：linking@udngroup.com

國家圖書館出版品預行編目資料

JR上野站公園口/柳美里著．章蓓蕾譯．初版．新北市．
聯經．2023年3月．248面．14.8×21公分（小說精選）
ISBN 978-957-08-6762-6（平裝）

861.57　　112000529